梅花镇情事

——老愚小说集

倪正平 / 著

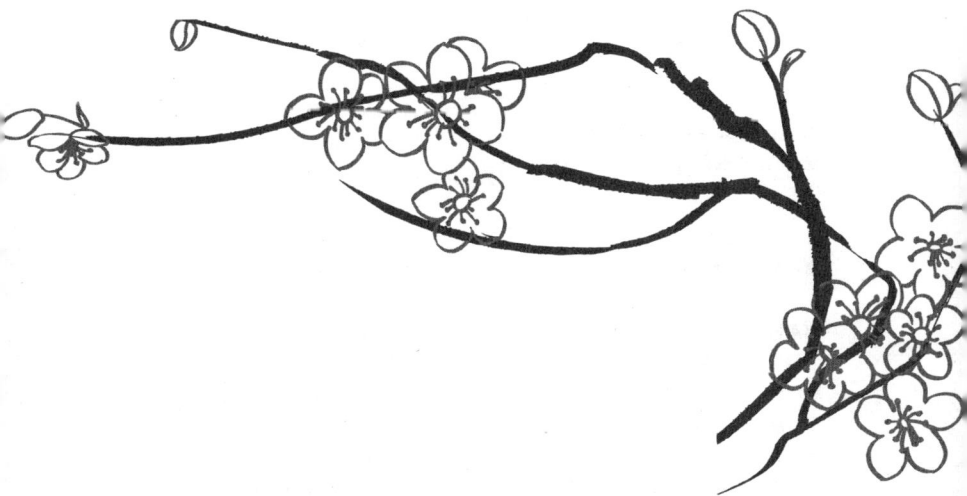

北方文艺出版社

图书在版编目（CIP）数据

梅花镇情事：老愚小说集／倪正平著. -- 哈尔滨：
北方文艺出版社，2024.1
　ISBN 978-7-5317-6091-7

Ⅰ.①梅… Ⅱ.①倪… Ⅲ.①短篇小说-小说集-中
国-当代 Ⅳ.①I247.7

中国国家版本馆 CIP 数据核字（2024）第 003254 号

梅花镇情事——老愚小说集

MEIHUAZHEN QINGSHI LAOYU XIAOSHUOJI

作　者／倪正平
责任编辑／赵　芳　　　　　　　　　封面设计／书香力扬

出版发行／北方文艺出版社　　　　　邮　编／150008
发行电话／（0451）86825533　　　　经　销／新华书店
地　址／哈尔滨市南岗区宣庆小区 1 号楼　　网　址／www.bfwy.com
印　刷／四川科德彩色数码科技有限公司　　开　本／880mm×1230mm　1/32
字　数／150 千　　　　　　　　　　印　张／7.625
版　次／2024 年 1 月第 1 版　　　　印　次／2024 年 1 月第 1 次印刷
书　号／ISBN 978-7-5317-6091-7　　定　价／56.00 元

我的小说编年

　　一九八六年一月，在上海市川沙县（今浦东新区）的军营里，正在服兵役的我拿到了发表我第一篇小说的《三月》杂志。连队首长很兴奋，说我是连队史上第一个发表小说的。那年，我二十二岁。

　　如今，已到耳顺之年的我，正筹备出版第一本小说集。从部队新兵到临近退休，其间经过了三十七年的时间跨度。那薄薄的一本书稿竟浓缩了自己三十七年的小说创作生涯！不管外界反响如何，于我而言有点过于"厚重"了。这当然不是自我表扬的溢美之词，而是对自己不思进取、随波逐流的反躬自省，那零零碎碎、时断时续的创作状态，对任何一个有志于在这块沃土上开枝散叶、期望干出点成绩的创作者而言，都是难以容忍的。时至今日，"厚"也好，"薄"也罢，皆成过往，只是想借此机会，与过去的种种遗憾做个了断。

小说集按时间顺序由近及远，这样的编年恰似一条时光隧道，让自己从两鬓斑白退回到青葱岁月，就像从一首老歌里感受逝去时光的恍惚与怅然。这样说来，出版这样一本回顾式的小说集，不像是要在人类文学的长河里留下一点儿遗产，倒像是一次自我满足的怀旧之旅了。

不然呢?!

让我忐忑的是，这本小说集收录的长短不一的六十部作品，难以简单地用"短篇小说"或"微型小说"来归类，短的几百字，长的几千字，最长的有一万六千多字，用通常的归类法行不通。几经思量，不再纠结所谓的归类，而用"老愚小说集"（老愚是我笔名）笼而统之，虽属无奈，却也勉强说得过去。

自我剖析，我的小说创作具有浓厚的地域色彩，而且愈是后面（年代）的作品，这种风格愈是明显：家乡海门的风土人情、传统习俗、地理风貌，以及带点沙地话特色的遣词造句……这样的创作风格，使得许多作品有了较深刻的海门沙地文化的烙印，使得小说有了地域文化的根和接轨世界的桥（"民族的就是世界的"）；但同时，也给外地读者的阅读和理解造成了一定的障碍。一位要刊登我作品的外地杂志编辑，几次和我探讨词句的含义，确认段落的大意。我对由此带给编辑老师的困扰和麻烦深感不安，也对此类小说的传播局限有了更清晰的认识。对一乡之地历史演化的追溯，以及用自己的理解去解读和"讲故事"，这是我小说创作的源泉，也是作品个性特征形成的基础。由此，尽管存在诸多局限，我依然将按这样的风格继续走好以后的小说创作之路。

不可否认，按"逆时针"的方式来编排这六十篇小说的顺序，也是存在明显缺陷的，因为从二〇〇〇年至二〇一八年，有着将近二十年的创作断层。因为需要全力应付工作，不得不斩断了小说创作的思考与实践。这是对生活、生存压迫的一种妥协和退让，也证明了自己难有为文学事业抛开一切的毅力和骨气（请原谅一介凡夫面对生活压力时的彷徨与怯懦）。有时想，如果从现在开始，倾尽全力来一段持续发力的创作活跃期，回头会发现当下的自己其实只是刚跨过小说门槛的"文学青年"而已；如果以小说创作的深度和爆发力为指标，画出昨天、今天和明天的长度，也许木米的长度要超过前三十七年的总和——既有对自己当下小说创作无力的担忧，同时也有对未来创作发展空间的期待。

感谢陪我一路走来的各位报刊以及新媒体的编辑老师，是你们的宽容和扶持，让我找到了一点儿"也能写写小说"的自信；感谢读过我作品的前辈、朋友所给予的指点与评价，让我感受到了相互搀扶的温情与力量；感谢海门画家郁异人为我的

小说创作了十多幅插图，让这本平淡的小说集有了勃勃生机和盎然趣味。

青山遮不住，毕竟东流去。三十多年沧桑巨变，早已让这个世界焕然一新。随着时代的变迁和读者阅读习惯的改变，小说创作的风格与流派也在快速发展演变。但我相信，在小说的百花园中，需要创新的奇葩异卉，也需要传统创作方式的殉道者，百花齐放方是春和景明。我愿做这百花园里的一朵小花，在满园春色里绽放属于自己的一丝亮色。

二○二三年十月于江苏南通

目录

CONTENTS

梅花镇情事

一、秋到梅花镇

一九四八年的秋天比往年来得早些，九月中旬刚过，便频频有北风侵入梅花镇。当横穿镇区的三官堂河边上，几棵粗大的榆树被秋风吹落了椭圆状的叶，间或刮起的平地小旋风又把分散的落叶拢成一团，转着圈、翻滚着卷过二百多米长的石阶时，这座存世已近百年的临江小镇，似乎也走到了"换季"时刻。

比秋风更紧的是一天一个变化的小道消息：茅镇的国民党部队从青龙港乘船退到上海去了，共产党叶飞部已出现在泰兴一带，一直在启东活动的共产党东南警卫团正把国民党保安团的散兵游勇由东向西驱赶，通东地区六个地主抛家舍业过了江……

据传，这座距离长江北岸仅三里多的集镇成埠于清咸丰年间，当年太平军与清军在江南混战，受到波及的七家花姓和五家梅姓大户为避兵灾相约北迁，来到此地，花三百两纹银买下了二十八亩荒滩，建了个由三十二间店铺组成的临江集镇，开设茶庄、布庄、酒馆、当铺、烟馆等。梅花镇由此得名。现今，开埠时的偏僻之地已发展为有店面九九八十一间，人口近三百的中心集市，是方圆二十里庄稼人、生意人唯一的集贸场所，国民党的金圆券、共产党的边币、袁世凯的银圆，甚至以物易物，都能在此换得大部分生活用品。这里更有乡下人眼里的稀罕物——剃头店、摇面店、洋布店、铁匠铺，以及热气腾腾的老虎灶（集中烧开水供人使用的地方）。需开销了，乡下人把富余了的田获拿到镇上换钱；逢年过节或办事走亲，也要来此剃个头、买点茶食糕点，或是扯上几尺粗布做身新衣裳。南来北往的生意人，赶集的庄稼人，偶尔落脚的过路人，各路来的消息在这里汇集、重组、转述，因而梅花镇的消息总是这方圆数十里最早、最全、最新的，也是最容易谬以千里的。

这天，又有一个消息像疾风刮过街面：镇上来了一对外乡父女，那男的人高马大，穿藏青色厚布对襟短衫，戴礼帽，提一只竹编箱子，像个有钱人；女儿穿紧身花袄，高挑细腰，人面桃花，出奇标致。

第一个看见这对外乡父女的是开老虎灶的梅阿三。这梅阿三长相奇特，四肢像四根竹竿，几乎看不出粗细来；那张脸颧骨尖削，两眼外突，一副睡觉也闭不上的德行，再加上一只朝天鼻，人送绰号"剥皮羊头"。别看梅阿三长得骨骼惊奇，却是个正派人，他家老虎灶都是明矾沉淀三遍水入锅，一样的水壶，盛别人家老虎灶的水二十来天就会积下厚厚的水垢，需用丝瓜络反复清除；用他梅阿三老虎灶的水两个月不用清理的。不只水好，态度也好，哪家走不开只需喊一嗓子"阿三来壶水"，三句闲话未聊完，准听得布鞋与石阶摩擦发出的"嘚嘚嘚"声由远而近，不一会儿，便见拎着大号黄铜水壶的梅阿三像一阵风卷进屋来。有时路远点跑得急些，此时再看，气喘吁吁的梅阿三额头青筋暴起，脸上五官错位，本就有棱有角的面孔更显狰狞了。

这天晌午，梅阿三正给镇东首的根田剃头店送水去，劈面碰上正倚着进镇小道与街面交叉口旁那棵一抱粗的柳树小憩的父女俩。看到突然冒出的两个生面孔，正小跑着的梅阿三猛地刹住步。他一眼看出这对男女不是本乡人，那打扮、长相方圆百里就不多见。

父女俩也被这突然间冒出的"怪物"吓了一跳，本能地直起身来。那男的伸手把住脚边竹编箱子的提襻，小女则本能地往男的身后躲。

"哪里来的?"梅阿三喘着粗气问。

"北边。打仗哩，想找个落脚点暂住。"男的双手抱拳，朝梅阿三作了个揖。

"那你来对地方了，别看这镇子不大，却是安稳之处。当年革命党人与清人争天下，现在共产党与国民党争天下，多少地方打翻了天，这里连边都没沾着。前些年东洋人占了县城茅镇，周边四个集镇十多个大宅常被骚扰，独这里没来过，你说奇不!"

那男的咧嘴一笑："看来是来对了! 我们要租两间房，还望这位兄弟——你比我小些吧——指点指点。"

"往西走七十来米有个摇面店，隔壁花婶娘正好有两间空房，你去问问看，就说我梅阿三介绍的。"

"哦，是梅老弟，有劳了。我姓林，双木林，单名一个鹏字。这是小女秋月。"

正聊着，前头十米开外一店铺门口探出一脑袋，冲梅阿三就是一顿呵斥："阿三，你这坏喇叭又挪不动步了？喊了半天不来，客人等热水洗头呢！"聊兴正浓的梅阿三惊得跺了下脚："差点把正事忘了，你们快去，回头再会。我，摇面店对门阿三老虎灶。"

梅阿三提起壶嘴已无热气冒出的铜水壶向来声处跑去，又伸出左手回身朝摇面店的位置指了指。

二、根田剃头店

梅花镇上做剃头生意的共有三家，根田剃头店是名声最响的，这附近乡下男女有结婚、走亲，或是出席重要场合需打理头发，一般都去根田那里。尤其那帮乡下婆娘，对到根田剃头店剪头发有谜一般的执着。在这些女人眼里，"镇东根田"四个字就像黄麻子烧饼、张小泉剪刀一样值得托付。

根田是店主即师傅的名，全名梅根田，从模样上看，猜他四十出头一点儿也不夸张，实则三十还不到。他十六岁时即跟着父亲学剃头，渐渐地，青出于蓝而胜于蓝。从他二十五岁起，如果人不多，客人宁可等些时候也要他来剃，父亲只得打打下手了，如洗个头、清理满地的头发、收收剃头铜钿等，只在每年的春节前几天或二月二龙抬头那天才有机会复习一下手艺。后来父亲病故，里里外外就他一人打理了。

根田剃头有他特有的节奏：客人坐定不忙下手，先要花点时间对客人的头型身形出神地看上一阵，然后才慢慢替他系上白色围布。此刻起，他的动作就似挂了快挡，与刚才的慢吞吞判若两人。只见他一手拿着梳子，一手举着轧剪，时而直立，时而俯身，围着客人的头颈一顿眼花缭乱的操作，身体姿态的变换和手剪摆动的幅度跳舞般协调流畅，手起剪到处碎发飘落，"舞"到高潮又倏然收手，不会多费一推一剪，而剃出的效果恰是客人想要的。有人甚至声言，到根田剃头店不用剃什么头，看他这一套操作就值这个钱。

给女人剪头发更是他的绝活。在他的剪下，无论年岁是大是小、头发是长是短、头型圆正还是歪斜，都能理出恰到好处的发型来，头型好的更出彩，头型有缺陷的能遮丑，人送雅号"梅镇第一剪"。

让梅根田出名的除了手艺了得，还有让人过目难忘的身形，或者说是不堪形象与出色手艺的奇特混合。根田小时得过脑膜炎，虽保了命，却落下了"直不起腰来"的后遗症，身子像张拉不开的弓，又似挑河做岸用的泥络环①。于是"驼子"成了他的又一绰号。有时，客人不经意间当面这样喊他，他也不恼，讪笑着道声"莫开玩笑"，全然不放在心上。

这不，告别了外乡父女的梅阿三踏进屋就这么来了一句：

---

①泥络环：当地农户用树枝、麻绳、扁担制作的装泥用具叫"泥络担具"，泥络环是上面弯曲或"U"状的树枝。

"根田驼子，水到了！"这回梅根田来了气："烂污阿三，水都凉了，叫我怎么给客人洗头？！"

梅阿三自知理亏，忙打圆场："是凉了些，少兑点冷水还可以用的。你先使着，待会儿再送一壶来，少收一个铜板就是了。"说罢，他把头凑到根田脸前，"知道吗，镇上来了个标致小娘，嫩着呢！"

根田脸都没抬："与我何干？"

梅阿三故作神秘："我引来的，爷俩，我叫他们去花婶娘那里落脚了。瞧着吧，有好戏看了。"

这梅阿三在镇上是出了名的包打听，大事小事喜欢查斤过两，且肚里不藏事，转身便贩给别人了，还特喜欢往里添点油加点醋。不过对男女之事，他梅阿三的判断常可一语中的。在梅花镇，梅阿三、梅根田，人称"梅家二丑"，两人是独立于男人女人般的存在，女人不把他们当男人，男人也从不视其为威胁。以旁观的角度，他们嘴里的男女之事相比那些或有期待或有私心的，总要多些理性与客观。

镇上来了个标致女人的消息在小镇风速传播。外乡父女还在花婶娘那里就租金讨价还价，门口就有三三两两的镇上人伸头缩脑地来回磨蹭，就像猎狗嗅到了黄鼠狼的气味。

他们从哪里来的？来干什么？这男人做什么的？那小女子长这么好看话亲眷①了没……伴着各种问号的是各式各样合理离奇

①话亲眷：意为找婆家。

的猜测，有人甚至拿出三块大洋，悬赏第一个打听到确切消息的人。

对这神秘父女的探究氛围一直延伸到了根田剃头店。这天，排队等候的一对乡下夫妻就向正用轧剪为客人理发的梅根田打听开了。

"根田师傅，听说镇上新来了一对外乡父女，是哪里人？那边真在打仗？"男的坐在长凳上翘着二郎腿发问。

"听说是。"根田眼睛专注在轧剪上，只对第二个问题做了不置可否的回应。

"还带了个丫头。我们那里传十里八乡找不到这样标致的女人，真是这般？"同坐在一条长凳上的女人接住男人的话头。

"我没见过。"根田依然不温不火地用简短几个字作答，眼睛不离开客人脑袋半分。

"是地主吗？在逃命？"男的像在问根田，又像问自己。

"我看不是，地主逃走咋不带三妻四妾，只带个女儿？根田师傅，你说呢？"那女的没有觉察到梅根田此时不想分心的敷衍态度。

"我没心思在这些无聊事上。"根田摘下系在客人脖颈上的围布，猛地一抖，随着响亮的一声"啪"，粘在围布上的碎发纷纷掉落下来。他这才看了一眼这对乡下夫妻："我知道的比你们还少。"

客人站起来，高出根田一大截。他转过身把头伸向一旁搁在木质脸盆架上的宽沿黄铜盆里。盆里的水正冒着热气。

根田利索地为客人洗好头，拿过一条干毛巾让他擦下湿漉漉的头发，接着替客人重新系上围布，拿起剪刀在梳子的引导下对发型做最后修整。待程序全部完成，根田取下围布，在客人的后颈脸腮处扑些爽滑粉，俯身说道："好了。"

客人摸了摸衣袋，有点尴尬地望着梅根田："师傅，能不能欠一会儿？走时急，忘带盘缠了。"

根田为难地摊了摊手："本镇以外，概不赊欠。这是店里的规矩。"

"那就行，我是镇上的，先记个账，一会儿就拿来。"

根田脸一沉："莫开玩笑，这镇上大到七八十，小到站草窝①，我个个认得，咋会不认识你！"

"刚来落脚，就住阿三老虎灶对门。我就是你们说的外乡人，我叫林鹏。"

三、林鹏的底牌

自此，梅根田成了较早与外乡男建立热络关系的梅花镇居民，一个初来乍到，人生地不熟；一个因身体缺陷而丧失自信，都相对处于弱势地位的两人似乎更容易找到共同语言。

这天，林鹏又来找根田闲聊，聊着聊着，突然问起这镇上可有做输赢的打牌地方。根田抬头看了林鹏好一会儿，看得林鹏有

---

①草窝：海门农村冬天让幼儿站在里面保暖的家庭用具，桶状，上口小，下口大，用稻草制成。

点不自然地欠欠身："没事闲得慌。"

根田哈哈一笑："紧张个啥，我也喜欢。"

林鹏松了口气："既如此，我们约一场。"

根田摆摆手："不忙约，改天领你去一场所，什么样玩法的都有，还有上等好茶伺候，保你玩得过瘾。"

这根田没有其他爱好，唯独对推个牌九、扎个金花有点痴迷，倒也不是一天不摸牌手就发痒的那种，主要是对牌技、玩法的研究有点上瘾。别人玩牌看重输赢，他玩牌看重技术发挥，发挥正常，就是抓不到好牌输了钱，也能乐呵呵。

果然，没过几天，根田请前来送水的梅阿三给林鹏传话，要他晚饭后去剃头店找自己。

林鹏如约而至。待根田处理完店里的事，便领着林鹏沿街面向西走出一百来米，然后穿过狭窄的小弄堂，向南来到一处僻静的小院，再往里走进一间宽敞的大屋。屋里早已聚集了十来个人，有一桌麻将已乒乒乓乓摆起了阵势。

根田低声告诉林鹏，这里对外称花哥娱乐馆，是镇上唯一的专业赌场，一般镇外人进不来。这间房离街面较远，晚上吵闹些也无妨，玩一晚每张桌子须凑十个铜板作为头钱。林鹏低声回道："要得，要得。"

与几个常玩的牌友打过招呼，根田便把林鹏介绍给大家。林鹏开门见山："复杂的玩法恐有地域差别，我们选个简单又刺激的，'五只头'梭哈，玩法全国统一，人多些也能玩。"当即有四人响应。根田嫌太简单没技术含量，没表态，结果让一牌友硬拉

上了桌。

六人凑了十个铜板交了头钱，要来两盏美孚油灯、一副扑克，摆开了阵势。

"五只头"梭哈玩法确实较简单，先每人发两张牌，一明一暗，之后每发一轮明牌最大牌者喊价，跟者出相同钱放到"河里"，自认不敌可退出，直到最后一人凭五只牌整体优势胜出，"河里"赌资尽数归最后胜出者。此玩法看似简单，起头下注也仅两个铜板，实则暗藏杀机。随着牌局深入，玩家往往失去开始时的理性，疯狂下注，小梭哈常常变成杀红了眼的孤注一掷。

没过几轮，根田便发现此次牌局的不同寻常。他观察外乡人，玩牌的眼神、手法透出一股沉稳又狠辣的劲。借着灯罩里跳动的火光，他发现林鹏左手无名指短了一截，隐隐感到会有意想不到的事发生，于是每局要么只发两张牌就放弃，要么只跟一二轮，暗中观察已沉溺于赌局中的五人互相较劲。

大概过去十轮的样子，桌上胜负已分，林鹏面前的大洋堆起了小山，其他几位或是所剩无几，或是已掏了几次兜添赌本。

又是一局相似的结果，当林鹏翻开底牌喜滋滋地伸手要把"河"里的赌注全部扒拉到自己面前时，根田猛然站起，一把抓住林鹏左手的衣袖。林鹏脸色大变，用力想要抽回左手，无奈被根田死死捏住。随着一声惊呼，三只大牌从外乡人的衣袖口掉落下来。瞬间，六个人像被点了穴位一般僵在了那里，好久，才有先醒悟过来的两人跳出凳来，抓住了外乡人的衣领。

"好小子，你出老千，难怪赢这么多!"

"卑鄙小人！拿刀来，砍下他的手指！"

……

其他几桌的人也停下牌局围拢了过来。愤怒的咒骂声中，林鹏把头埋在臂弯里不敢抬起。

"大家听我说，听我说！这外乡人赌品下作，按规矩必须砍去一指。但你们看，这混蛋已残了一指，再断恐真要废了。我看这样，他今天赢的钱如数归还，带来的赌金全部交出，另外，永远禁止他再踏足这里！大家看看如何?"根田举着手高声喊道。他想控制住局面，不想让这事闹到不可收拾的地步。

此时再看林鹏，原本高大的身躯缩成一团，筛糠似的颤抖着，以至袋子里带来做赌本的大洋相互碰撞，发出清脆的"咔咔"声。他面前的"小山"已被移到桌子中间，五个人各自把自己的赌资要回，又一拥而上，从林鹏的袋子里翻出十六块大洋。

看着林鹏丧家犬似的逃出屋子，梅根田长长叹了口气："各位抱歉了，是我把他介绍到这里来的，也要受罚。他带来的赌本我分文不要，另出一块大洋，作为今晚所有桌子的头钱。对不住大家了！"

出得花哥娱乐馆，根田抽了自己一个耳光：作什么孽，交这样的人。

深夜的梅花镇不见一处灯光，借着微弱的月色，根田垂头丧气地朝自己的剃头店走去。快走到横亘在三官堂河上的梅花桥桥头时，影影绰绰看见一个人影蹲在桥底的石阶上。见有人走来，

那黑影迅速起身，快速朝桥顶移去，紧接着一只脚跨出了桥的栏杆。根田叫声不好，追上去一把揪住那黑影的衣摆，猛一拉，黑影跌坐在桥面上。

"谁？"根田厉声喝问。

"是我。根田师傅，是我，林鹏。"有气无力的声音从黑影里飘出来，很低，然而在寂静的深夜，根田还是听得真切。

四、天上掉下"林妹妹"

"寻死觅活干什么！不就罚一点儿钱吗，又没要你手指。出丑了，脸挂不住了？！"借着微光，根田看那外乡人的脸比月光还惨白。

"我脸没那么薄，真是没法子活了，那些银圆是我全部家当。"

"钱没了就去挣，有手有脚还能饿死？"根田投去鄙视的目光。

"事已至此，我也不瞒你了，根田师傅，我是个职业赌徒，靠学了一点儿花手心①跑江湖骗点钱过活，其他一无所长。现在钱没了，声誉也臭了，谁还会理我这样的江湖骗子？"林鹏竟嘤嘤哭了起来。

"你这人！唉，早知这样就不带你去那里了。那也不行啊！今天不去早晚还得去赌、去出老千，还得被抓住。赌徒不算高尚，但也得讲信誉，用骗术赢钱最遭人恨了。也罢，也罢，我先

———————————

①花手心：玩花样，有弄虚作假，骗人上当的意思。

借你几块银圆，把日子过下去，再找个活干，挣够了还我。"不知是看外乡人可怜，动了恻隐之心；还是觉得是自己把他带过去的，也有责任，根田竟鬼使神差地从衣兜里掏出六块银圆来，放到林鹏手里，转身离开了。

从剃头店里屋的床上一觉醒来已是日上三竿，明晃晃的日头透过薄薄的窗帘把屋里照得通亮。根田一摸脑袋，猛然记起昨晚发生的事，不由暗暗叫苦：坏事了，昨夜乌漆麻黑的，借给外乡人的六块银圆没人见证，也没写个借条啥的，他要不认账断无要回之理。我这是作了什么孽啊！也罢，权当交友不慎惩罚自己了！

一连几天，根田就像丢了魂似的做什么都心不在焉，替客人剃头、剪发也没了往日的专注与精细。一次，他替客人洗头时竟忘了加热水，客人被凉水激得失手打翻了铜盆，水泼了一地。根田赶紧道歉："不好意思，我走神了！"客人是老主顾，没多介意，只是问："怎么了，根田师傅，以前可没见你这样过的。"

根田无奈苦笑道："这几天撞见鬼了！"

整整一个礼拜，根田没见着这外乡人，也未听别人说起在哪里见过他，好像这人就没来过梅花镇。

这天，再也控制不住懊恼与愤怒的梅根田扯开嗓子喊了声："阿三，来壶热水！"

没多久，只听见"嘚嘚嘚"的脚步声由远而近，不一会儿，拎着大铜壶的梅阿三一头闯进屋来。

"水来了。水壶呢?"

"我自己来。阿三，这几日可曾见着你对门的林鹏?"

"有日子没见了。奇怪，以前每天都会过来问些事的，这几天没见他开过门。"

"不会搬走了吧？"

"说不准。不过为啥呢？他可是交了半年房租的。"

"这——我哪知道，随便问问。"根田话到嘴边又缩了回去。

根田准备自认倒霉。林鹏若是离开了，他要把这账烂到肚子里，免得惹人耻笑。

第二天下午，眼看日头落山，根田估计不会来人了，便装起排门板准备打烊。装到最后一块时，一个脑袋从将要合拢的门缝处挤进来。根田定睛一看，不是别人，正是许久没露面的外乡人林鹏。

"根田师傅，还没吃饭吧？请你出去吃个小酒，顺带商量个事。"

"这里说不好吗？"根田没给他好脸色。

"我知道欠你的，赏个脸给个机会。"

迟疑了半晌，根田才下决心似的叹了口气："行吧，上好门就走。"

两人来到西市梢桂花村酒馆，林鹏选了张靠墙角落的桌子，让店小二烫上一壶米酒，要了一盘花生、二斤猪头肉。林鹏替根田和自己各斟了一碗酒，递过一根老刀牌香烟。根田摆摆手："抽你的，我不会。"

林鹏拿起碗和根田的碗碰了下，也不管根田喝不喝，自顾自喝下半碗，用手背抹了下嘴："根田师傅，我想和你做个交易。"

根田端起碗小酌了一口，用筷子夹了粒花生："我们还有交易做吗?"他语气里带了几分警惕。

"我想用我家姑娘换你这六块大洋。"林鹏说时眼望着别处。

根田头嗡的一声，明明听清了，却又条件反射地问了声："啥?"

"我用姑娘换借你的六块大洋。"这回林鹏是盯着根田眼睛说的。

根田疑惑地望着林鹏，半天没回过神来。许久，他放下筷子苦笑了一下："何必呢，我又没催。"

"根田师傅，小女年方十九，长得不算丑，识字不多，不过脑子没问题。你要是不嫌弃就娶过去，管你借的六块大洋就算随彩礼了。"林鹏似乎没听到根田在说什么，自顾自地开出了自己的"筹码"，言毕，把碗里剩下的酒一饮而尽，空碗与根田的满碗碰了碰。

根田沉默了。对这天上掉下的"林妹妹"他从未有过非分之想，突然听林鹏这么一说，脑袋顿觉一阵眩晕。他努力立住上身，不使自己歪倒，并竭力装出一副平静的样子，心里却遏止不住地泛起几道涟漪。他看林鹏的神态是真诚的，可真要桃花运撞门还是心有不安：自己的卖相不必说，还大了人家十岁。

"我是没娘子，可乘人之危的事不会做。我和你家姑娘太不般配，这交易断无可能!"

"根田师傅，我们父女在外闯荡多时，现在是要钱没钱，要手艺没手艺，本想借贵宝地待上一年半载，可人算不如天算……

我现在是留下无法养家，要走没有盘缠。自己难点也就算了，小女跟着受苦我实在不忍。你不要有心理负担，这交易是我提出来的。不只是因为欠了你钱，在这里这么长时间了，观察下来，小女嫁到你那里我最放心。根田师傅，这交易是我们赚了的!"

"……"

做出决定是三天以后的事了。千思万量，梅根田得出个结论：无论如何想要回这六块大洋很难了，与其坐等损失，不如顺势交易，应下这桩婚事。此时的梅根田与那外乡女子尚未打过照面，但他想，即便众人对那女子神仙般的描述打个对折，也绝对配得上自己这副尊容了。

不知道林鹏是如何做通女儿工作的，在那场赌局过去一个月后，根田摆下三张桌子，请来亲朋好友吃酒，当众宣布与林家女子的订婚大事。双方把好日子定在农历十月初八。

五、不平静的婚礼

驼子根田要娶林家女儿，消息犹如平静的水面扔进了一块石头，瞬时在梅花镇激起冲天水花。自打落脚梅花镇，外乡女林秋月便成了镇上许多年轻小伙追逐的对象，请媒人去说亲的也不少，林鹏均以小女尚小为由婉拒。本以为再熬些日子，定有哪家后生能在这场不约而同的追逐赛中胜出，谁想半路杀出个程咬金，让梅根田抢了先。令他们愤愤不平、备感羞辱的是，压他们一头的人原本连"参赛"资格也没有。

那愤懑的气氛伴随着深秋的雾气在小镇上弥漫着、扩散开，沉浸其中的不只有那帮在寻娘子上还没有着落、对林秋月日思夜想的后生，还有历来信奉门当户对的大大小小过来人。

"梅根田交了狗屎运，怎会有这般艳福?!"

"那林家恐不简单，听说是欠了巨债来这里躲债的。看好了，梅根田要牵林家死人脚①了。"

"听人说那姑娘已不是黄花闺女，嫁过人的，男的是国民党部队里的一位军官，在东北战场上被打死了。"

"啊，是个寡妇! 难怪，难怪。"

……

议论纷纷里，林家父女被贴上了各种不堪的标签，直到这种越来越丰富的猜测渐渐变成恶毒的人身攻击，梅花镇的人们才在心理上找到些许平衡。

"绣花枕头稻柴芯，那女的原是个二手货!"

"坏扫帚对豁畚箕，挺配!"

……

处在风暴眼里的梅根田倒是风平浪静，他想，夸得像朵花也好，骂成婊子也罢，我梅根田原本就是不配有妻室的人，无论和谁搭伙，都是赚的。

根田问林鹏："你们那里的婚俗我不清楚，有什么特别的，提出来。"林鹏说："入乡随俗，就按这里的规矩办好了。"

---

①牵林家死人脚: 意为要受林家牵连了。牵死人脚，海门方言，指要负连带责任。

十月初八，梅根田当街摆了十桌酒水，请来街坊邻居连吃两顿。除拜堂成亲环节，其余冗长的程序一概取消，家里喜庆的装饰也是尽量简洁，只在卧室摆了两支红蜡烛，床上添了一床新棉被，进房的门上贴了一对剪纸双喜，从外面看根本看不出好事将临的气氛。梅根田晓得此次成亲已惹了众怒，倘若再大肆张扬，恐会真激出事端。为防万一，他还特地把经常来他那里剃头的镇公所治安警孙武夫请来喝喜酒，想以官家的威势镇一镇那帮不甘的后生。

即便如此，成婚当天还是出了状况。下午五点刚过，正当拜堂成亲高潮时，一阵熟悉的礼乐声由远而近，不一会儿竟有五位鼓乐手出现在现场，齐刷刷地立在店门外起劲地吹打着。众人细一听，竟然是丧礼乐曲，便纷纷上前喝止。无奈乐声太闹，五人毫不理会，仍鼓着腮帮子、挽着衣袖卖力地表演，直到根田急步来到门外才停住。

看到穿着喜庆衣裳的根田出来，那几人也是一脸蒙，说道："别人出了钱叫来这里接办丧事，还特地嘱咐必须一路吹打过来。"

根田一看便明白是怎么回事了。他不仅不恼，反而给每人递了一根烟，赔笑道："几位辛苦，那人传错话了。这里是婚礼，我是新郎。这样，我再付你们一块大洋，给我演奏婚礼乐曲！"

领头的惶恐地接过大洋，转身向四人一挥手，乐曲再次响起，当然是换成了欢快的婚礼曲。

曲终人散，已是二更以后。梅根田有些吃力地装上排门板，经过一整天的应酬、折腾，还有那不请自来的乐曲惊吓，预想中的兴奋和激动全然没有。望着坐在里屋床沿上的新娘，他反倒生出一丝不安的感觉来。这座不大的宅子习惯了一个粗糙、有缺陷的手艺人的烟熏火燎，此刻却生硬地装进一个长相精致的妙龄少女，那种强扭的突兀让两人都有点尴尬。

掀开罩在新娘头上的红布，梅根田借着烛光，细细端详着眼前将要和他同床共枕的女人。这是两人第一次照面，尽管早从别人嘴里听到过无数次描述，眼前的林秋月还是把根田惊着了，那带点异地风情的美超出了他的想象：五官精巧的脸蛋，匀称的身形，身上每一个细节都布排得恰到好处，仿佛差一点儿、歪一毫都会让这完美荡然无存。尤其此刻，一袭红衣，加上跳动烛光的映照，新娘更显楚楚动人了。

林秋月的眼神始终向下顺着，她不敢也不想与这位父亲指定的夫婿对望，纵有千百个不愿，父命难违，在这陌生之地，她又能如何！况且，这些年随父四处漂泊，她疲惫了，倦怠了，也想找个安稳的港湾，尽管现在看来，这容她驻泊的"港湾"实在有点一言难尽。

两人就这样默默地僵持了半个多时辰，直到打更人用细木棍敲击空竹梆的声音在外面街头响起："天干物燥，小心火烛——嘡、嘡……防盗防贼，门户关紧——嘡、嘡……"根田上前把床上的被头打开，轻声说："三更了，你先睡吧，我想一个人坐会儿。"

六、祸起萧墙

根田的新婚第一夜是趴在八仙桌上度过的。当他醒来时，新

娘子林秋月已在厨房摆弄早餐了。恍惚间，根田突然意识到自己也是个有妻室的人了。

别看林秋月长得细皮嫩肉，倒是一点儿也不娇气，过门没几天就要帮着根田打理剃头生意。于是，根田就教秋月替客人洗头。根田发现，新婚妻子不仅年轻貌美，手也很巧，半天工夫不到便能放心让她上手了。自此，根田剃头店由一人操持升级为夫唱妇随。

驼子根田娶了个如花似月的妙龄女，这给梅花镇人带来的冲击不亚于当年听闻末代皇帝溥仪被逐出紫禁城。如果说前段时间根田宣布与外乡女定亲时，那帮盯着林秋月的后生还抱有隐约的一丝侥幸，那么，现在只剩下绝望和愤怒了。

更让那帮人难以忍受的是梅根田对镇上明显存在的压抑气氛听而不闻、视而不见的态度。在他们看来，那种事不关己的沉默和淡漠，简直就是厚颜无耻的挑衅；尤其是林秋月抛头露面从闺房走上前台，成为剃头店店小二兼老板娘的举动，更似对那帮自视更有权利与之同床共眠的人的无情嘲弄。于是，更多关于此女的内幕被"挖出"并流传开，什么林秋月以前在大城市的"风月楼"待过半年；什么林秋月本来就不是林鹏的女儿，而是小妾；有好事者还煞有其事地挖出林秋月原名彭丹，是东北著名交际花彭玉岚私生女的内幕来。

然后，愈是使劲地想把人弄臭，愈是有按捺不住的欲望和挫败感，直至欲火焚身。

十月里的最后一个上午，根田夫妇像往常一样忙着为客人剃头剪发，镇上有名的泼皮后生花嚓嚓一步跨进屋来。

"根田师傅，剃个头。"花嚓嚓往后捋了捋油亮的头发，脸上露出似笑非笑的表情。

"哦，好，你稍等，这个就快好了。"根田瞟一眼来者，淡淡地回了声。

"真是人逢喜事生意旺，你根田是越来越忙了。"花嚓嚓在门口的长阔凳上坐定，眼睛直往一旁正为客人洗头的林秋月身上扫去。

"都是些老主顾，照顾我生意。你可是难得来我这里剃头的，怎么，也想品品我的手艺？"

"你这里不是多了个能洗头的美人吗，想尝尝鲜。"

"莫开玩笑！"

"哟，开个玩笑还当真，俗话说好主不惹上门客，看来你根田是长能耐了！"

根田不吱声了。这货明显来者不善，他不想这么容易就被激怒，生意人和气生财，好言好语将他打发走，避免冲突才是上策。

替前面那位客人完成了最后一道程序，根田一抖围布，叫声："花少爷，到您了。"

花嚓嚓上前坐到转椅上。根田没有通常的"前期准备"，把围布往他脖颈上一系便要动轧剪。谁想花嚓嚓腾地站起，高声叫道："系这么紧，勒死我了！"

"不系紧头发要往领口里钻的，您稍忍下，很快就好。"根田赔着笑脸安抚。

"那不行，我打小就有哮喘病，勒紧了喘不上气，不能系。"

"那咋办？这样，我拿条大点的毛巾搭一下，好孬挡下碎发。"根田撤下白围布，拿出一条干毛巾搭在花嚓嚓的后颈上。

根田举起轧剪，顺着花嚓嚓的后颈往上推。才推三下，花嚓嚓又站了起来："这头发直往领口里灌，你要扎死我呀！"

"你不让系紧，头发难免要刺到皮肉。这不痛的，就有点痒，忍一下就好了。"

"那不行！我剃头又不就你一家，从没这般难受过的，跟上刑似的！"

"这样，现在刚开始，要剃其他发型还来得及，您可去别处，我一个铜板也不收。"根田立在一旁，伸手要摘花嚓嚓后颈上的毛巾。

花嚓嚓回身用手一挡："怎么，根田师傅，想让我豁着后脑勺去出丑？你怎么弄，我不管，必须给我剃完，还不能扎着我。都说你根田师傅手艺好，这点小事都办不了，我看是徒有虚名！"

根田忍住火气，把花嚓嚓重新按到座椅上，把他脖颈上的碎发用毛巾擦干净，清理后再搭上毛巾。每推两三下就照此清理一番。这头剃得又慢又费力，加上心里压着火气，不一会儿根田便觉浑身燥热，额头上的汗珠直往下滴。

好不容易为花嚓嚓塑好了发型，根田长舒一口气。

"这不，可以做到的嘛。我说根田，你这技术还能再进一步。"花嚓嚓立起身来，一边笑嘻嘻地说着，一边向一旁的脸盆架移去。

林秋月已在那边等了。盆里的热水已调好，待花嚓嚓坐定，她把毛巾往他脖颈上一披，把住头往下一按便洗了起来。花嚓嚓原本双手握住大铜盆的边沿，可不一会儿就不老实了，撒下一只来，向秋月的大腿摸去。秋月本能地快速躲开，用手指敲了下花嚓嚓湿漉漉的脑袋，想警告他一下。这花嚓嚓哪肯罢手，刚撒下的手又向上摸去，一把抓住秋月圆润饱满的臀部。秋月触电似的跳开一步，手下意识地把花嚓嚓的脑袋重重地摁进半盆温水里。

根田一看不好，赶紧上前把秋月拉开。然而一切已晚，只见花嚓嚓扬着滴水的脑袋猛然跳起，把铜盆里剩下的水一股脑儿泼向秋月，又操起空盆朝梅根田的头部狠狠砸了过去。只听得"哐"的一声响，根田摇晃了三下，一头栽倒在地。

七、镇公所孙武夫

根田整整昏迷了半天，醒来时他发现自己头上缠着绷带斜躺在里屋的床上，身边除了新婚妻子林秋月还有她爹林鹏，以及镇公所治安警孙武夫。

根田挣扎着想坐起，一阵头痛袭来让他又放弃了这个念头。

孙武夫摆摆手示意他躺着："根田，你丈人来报的案，过程呢你娘子已做了描述，基本情况清楚。事不算大，你头上砸开了一个口子，已叫郎中处理了，可能还有点脑震荡……生意先停下，休养一段时间。至于行凶者花少爷，已将他拘了，但现在的局势你也知道，恐怕难以治他的罪，我们准备给他点教训就放

了。当然，是在他做出不再来你这里闹事的保证以后。"

这孙武夫大名孙元直，因少时学过几年武功得此诨名，后在县城警察局谋了个小头目的差使，不过办事比较粗糙，曾两次在审犯人时失手将其打死，因而被贬到梅花镇上负责治安管理。时下政局不稳，共产党军队越逼越近，镇公所里几乎所有当官的、有钱的都已带着细软溜之大吉，独有他领着三位弟兄还守着这摊。他对劝他离开的人说："甭管谁当道，这治安都不能乱。别人走不走我管不着，我是本地人，家小在这里，祖坟也在这里，我哪儿也不去。"前些日根田结婚请他来喝了喜酒，所以这桩案子怎么说他也要上点心。

根田闭着眼有气无力地谢过孙武夫。回想起上午的事，又从上午的事想起这十多年来的不易，他鼻子一酸竟哭了起来："我根田在这里剃头十多年，从没跟人拌过嘴，也不占人便宜，能让我就让，吃点亏也不计较，可还是遭人毒手。呜呜——"他这么一哭，弄得立在一旁的林秋月也陪着抹眼泪。

孙武夫劝道："行啦，还好没落下什么后遗症，你且养好伤，做手艺、生儿子，啥都不会耽误的。我先走了，有情况可叫你丈人来找我。"

过了几日，根田能走动走动了，便叫林鹏去镇公所捎个信，叫孙武夫晚上去桂花村酒馆喝酒。林鹏怕根田伤没好利索再出什么状况，要跟着一起去，被根田挡了下来。

孙武夫来到桂花村酒馆时，根田已将菜点好。两人烫上一壶酒边喝边聊。

"恢复得如何？能喝酒不？"孙武夫问。

根田摘下礼帽，只见头上裹着的纱布已拆，只在伤口处贴一块小的纱布，用橡皮胶固定着。"差不多了，有时弯腰、蹲下还有些头晕。喝酒不碍。哎，姓花的放了没？"

"放了。他保证不再来招惹你家娘子了，写了保证书的。"

"保证书有用吗?!"根田叹了口气。

"怎么，他花嚓嚓还敢上门挑衅?"

"孙治安（镇上人多用姓加职务称呼他），你难道不清楚，危机并非来自外面，而在我家里。想这梅花镇，我们梅姓本就是个弱姓，我还残疾，偏偏娶了个如花似月的娘子，这是犯了大忌呀！惦记我娘子、因妒忌而迁怒于我的不止花嚓嚓一人。你是不知道，现在我出门看那帮后生，似乎个个目露凶光。娘子更不敢独自外出。孙治安，你说我梅根田娶了个年轻貌美的，究竟是好运还是霉运?"

"唉——也是，红颜祸水。那你把娘子休了，不就消停了！"

"我梅根田岂是不负责任的人！再说上天把这么漂亮的美人送到我身边，付出些代价我也认。"

"还别说，你梅根田人长得短斤缺两，却是个真男人！不过，这代价是什么还真不好说。"

"所以要请你帮忙啊！孙治安，我有个想法，想借你的威名镇镇那帮后生，帮我度过危险期。"根田终于说出了来意。

"咋个帮法?你看现在这局势，我那边也没几个人了，真要出点大事，说实话也控制不住。"

"不要多少人，你一个就行。从明儿起，你每天来我店里点一下卯，待的时间长短你定，我一礼拜付你一块银圆作为酬劳，如何?"

"来一下倒是行，不过时间肯定不能长，我那还有一摊子事哩。"

"那说定了！来晃一下就可以。"

第二天，根田剃头店重新开张。临近中午时，孙武夫如约而至。

"是孙治安，过来坐会。"根田故意放开了嗓门。

"好，好。时局不稳，听说附近还有强盗出没，从今儿起，这地段我要重点巡视！"

"你孙治安疾恶如仇，有你坐镇，定能安稳太平。"

自此，按商定，孙武夫每天来逛一回，或站，或坐，或聊两句，或扫一眼就走。很快过了两礼拜，梅根田付了两块银圆，镇没镇住那帮后生尚未可知，不过这表面上还真风平浪静了。

八、引狼入室传闻

冬至刚过，第一轮寒潮接踵而至，气温突降。进镇路口那棵柳树上，原本就已稀零的绿叶被紧吹的西北风赶离了枝头，那根根柳条似褪了毛的狗尾巴赤条条地在风中摇摆。

这几日，一个传闻再次在小镇疯传：梅根田终于被戴了绿帽，"成全"他的正是被他视为靠山的镇公所孙武夫。

消息的源头还是老虎灶梅阿三。据他描述，当天他去根田剃头店送热水，就见根田在那里唉声叹气，嘴里不住嘟囔着什么刚离虎穴又入狼窝，见他进去，更是捶胸顿足，向他大倒苦水：人心隔肚皮，原想借他人之威压压阵，谁想那孙子也是条色狼，这下好了，引狼入室了。梅阿三说，没见根田哭得这么伤心过。

消息出自根田本人，那定是千真万确了。根田所指的"那孙子"，众人一猜就是孙武夫，给他压阵，除了镇公所里做治安警的他还能有谁！对于这种结果，听者都表示并不意外，那林秋月的姿色本就没几个男人抵挡得住，何况孙武夫是目前这里最有势力的，顺手牵羊，再正常不过。可惜了根田，聪明反被聪明误。

孙武夫成功地给梅根田戴绿帽子的消息，让那帮一直觊觎林秋月姿色又忌恨梅根田运气的后生又高兴又沮丧，高兴的是孙武夫替这帮弟兄出了口恶气；沮丧的是现在孙武夫染指林秋月，就等于彻底斩断了他们对那外乡女的非分之想，谁愿因一女子去招惹可以一时兴起打死两犯人的一介武夫?！

连着一个礼拜，孙武夫没有出现在梅花镇的青石板上。当然，也不再每天定时到根田剃头店来点卯了。

就像季节颜色的变换，笼罩着梅花镇的氛围也在悄然发生变化，从林家父女初来时的惊异、疑惑，从一众后生痴迷绝色美人时的亢奋、癫狂，从梅根田戏剧性地横刀夺爱后的震惊、愤怒，转成了对梅根田、林秋月这对夫妻的怜悯与一声叹息。这种肉眼可见的气氛变化在根田剃头店里最为明显，以往的玩笑、热闹不见了，来剃头的、串门闲聊的，大都神情肃穆，不多的对话里也透着股诡异的冷静。

"根田师傅，近来可好?"

"还好，还好。"

"生意咋样?"

"还行，还行。"

"看这阵势，国民党日落西山，天要变了。老话说，乱世多灾祸，这兵匪作乱，盗贼出没，你可要当心!"

"唉，当官的有钱的都自身难保，何况我们平头小民! 有点事就担着呗，还能咋的!"

……

一般聊到这里，客人都会听出弦外之音，知趣地打住话头。

也有不知趣的。这天，梅阿三来根田剃头店借个担水用的木桶，一进门，看见林秋月正给客人洗头，就大呼小叫开了："根田驼子，你还让小嫂子干这活! 要我说要么你自己来做，要么干脆收个徒弟，别让小嫂子再抛头露面了!"

店里三四个正排队等着剃头的客人惊异地看着梅阿三满嘴放炮，继而又齐刷刷地把头转向正在脸盆架旁忙着的林秋月。林秋月的脸朝着墙，众人看不清她的表情，但见她甩了甩湿漉漉的手，转身进了里屋，把一头湿发的客人晾在了那里。

"瞎说些什么! 亏你还是开老虎灶的，哪壶不开提哪壶，你梅阿三真不是东西!"根田停住手里的活，双目圆睁，使劲地盯着梅阿三，想让他住嘴。那梅阿三仍拎不清，一脸委屈地辩解："担心你嘛，好心当作驴肝肺。你现在的对手不是几个小混混了，人家可是有点三脚猫①的，还握着权……"

"滚!"没等梅阿三说完，根田厉声喝止，差点把手里的轧剪扔了过去。

---

①三脚猫：当地方言的"三脚猫"并不是"做事技艺不精"的意思，而是有点小本事的意思。

梅阿三惊骇地后退几步出了店门。他哪懂根田的心思,边走边无奈地自言自语:"这是咋了?冲我发火,真是狗咬吕洞宾,不识好人心!"

几经发酵,孙武夫霸占梅根田老婆一事,在梅花镇甚至附近几个村庄传得满城风雨,独有当事人孙武夫倒像什么事都没发生过,该巡察巡察,该上酒馆喝酒上酒馆喝酒,该叫谁过去问事,那人还得准时前往,不能有丝毫怠慢。有人声称看见孙武夫又到根田剃头店去过一次,还是让林秋月给他洗的头,也没见激出什么冲突来。这不是明摆着不把梅根田放眼里,公开上眼药吗?那种一面倒的强弱对比,激起了梅花镇人同仇敌忾般的情绪指向,有的怒其不争,叹梅根田势单力薄,只能认命;有的斥孙武夫欺人太甚,霸占别人老婆还若无其事;有的感慨这世道不古,权势永远是王道,小老百姓只能任人宰割。只是经此变故,镇上舆论风向彻底转向同情梅根田了,先前那种由妒忌、不平衍生出的愤懑早已荡然无存。

九、春天的气息

转眼到了一九四九年的二月,立春过后没几天,穿着制服的解放军工作组进驻梅花镇。梅花镇人这才得悉,当天上午,南下的解放军已解放了县城茅镇。随着国民党残余势力被彻底荡平,梅花镇这座百年老镇,终于迎来了共产党的红色政权。

就跟以前几次事关国家命运转折时梅花镇的遭遇一样,那声震云天的惊涛拍岸,到了这里也只剩下微风下树叶的一丝晃动和漩涡末端似有似无的涟漪。梅花镇在悄无声息中完成了政权的更替，除了街头那棵柳树上张挂了一面红旗、街面上张贴了几张告示，看不出有什么变化，早集上的热闹、酒馆里的喧嚣、老虎灶前的热气，以及梅根田剃头店里的流水作业，还如昨日般准时上演。人们似乎在等待着，等待一个重要时刻的到来。

梅花镇人没有等待太久，在工作组进驻后的第三天，一个消息迅速打破了表面上的平静：留守镇公所的治安警孙武夫被抓了。

梅阿三在得悉消息的第一时间便拎了壶热水跑去根田剃头店报告："根田驼子，孙武夫被抓走了！还有他的三个手下。"

梅根田正给铁匠铺的花成叔刮胡子呢，听罢停住手望了下亢奋的梅阿三，平静地说："这有啥稀奇的，早晚的事。"

"我是说，你报仇的时候到了！找解放军反映去，揭发这孙子欺男霸女的恶行！"

根田"嘿嘿"一笑，转过头继续给花成叔刮胡子。

"怎么啦，不敢还是抹不开面子？唉，你根田就是忍气吞声惯了，共产党来了，你还怕个啥！"

根田朝他挥挥手："好了，别在这里瞎说了，耽误我干活。热水放这里，钱在搁板上自己拿。"

梅阿三把热水倒进水壶里，自己从墙上镜子下面的搁板上拿了两块铜板，一脸疑惑地看了看正全神贯注替花成叔刮胡子的梅根田，退出了店门。

虽然根田没理会梅阿三的劝说，但当天下午，他还是被请进了已改名为镇委会的原镇公所大门。他刚在里屋的一张桌子前坐定，进来一位年纪稍大、戴着眼镜、军官模样的人，问了根田的姓名、年龄、职业后，神情严肃地对他说："叫你来是核实件事，有人反映原镇公所治安警孙元直曾欺侮霸占你家娘子，有没有这事？"

梅根田做吃惊状："谁说的？"

"这你别管，对在国民党政府里做事的，我们统统要调查，有罪行恶行的都要惩处。"

"我知道，告示上写着呢。可没这种事。"梅根田的眼睛越过眼镜军官的头顶。

眼镜军官把一只倒了一半开水的茶缸放在梅根田面前："你别怕，现在共产党来了，老百姓当家做主，国民党作威作福的日子不会再有了！"

"有共产党撑腰，我当然不怕。可真没这事，不好凭空污人清白的。这镇上的人就喜欢编些花边新闻，没事闲的！那孙武夫，哦，孙元直没做过那事，我不能昧着良心说啊。"梅根田有些不自然地搓着手。

"你的证词对他很重要，要想清楚了。"

"当然，当然。"

又过了三天，孙武夫被放了出来。据说，没被定罪是调查后认定这位国民党的小官吏身上没有共产党的血债，当初打死两名犯人被定性为国民党法律下的执法失手；至于欺男霸女的指控，也因当事人梅根田的证词被定为查无实据。

梅花镇一天天暖和起来，虽说仍时有短时间、不太厉害的冷空气过境，也仅是一两天的降温，阻挡不了升温的大势。地里僵了一冬的泥松软了，三官堂河积了一冬的冰融化了，街面屋檐上的冰凌消失了，镇入口处那棵柳树上，原先光着身子的柳条又绽出了一个个鲜绿的嫩芽。

毕竟已是春天了。

梅花镇的人们一如既往地忙碌着，各种店面堂馆照常营业。当然也有悄然消失的，比如花哥娱乐馆，一到夜里便灯亮通宵、人声不断的热闹劲再没有过。林鹏退掉了花婶娘的租房，住进了根田那三进堂的屋里——根田花五块银圆请人在小屋背街的一面搭了个屋——平时就在店里帮忙做些力气活。

叫人感觉这世道真的变了的，是以往从不独自出门的林秋月开始频频出现在街头，有时随根田外出买点东西，有时一个人从东街逛到西街。有人开玩笑劝根田：这么漂亮的娘子可要看紧些！每到这时，梅根田必会来一句新学会的口头禅：有共产党撑腰，我怕个啥。

根田几次叫林鹏去寻孙武夫，想跟他打个招呼，都没见着人。听人说他已去了上海，投靠了远房亲戚，在一个工厂里做学徒。

根田觉得有点可惜。他觉得自己欠孙武夫一个人情。

原载 2022 年 11 月 14 日—12 月 5 日《南通日报》（连载）

响珍传奇

一

日上三竿，响珍腰上缠了根麻绳，插了把斜刀，衣袋里又揣了三只娘摊的玉米饼，准备到江滩芦荡里割些柴草。响珍她娘从门里追出来："别跑远了，候准时辰。"

响珍家所在的开沙铺离江滩也就几十米远，中间隔了条五米高的江堤，翻过江堤便是一大片密密匝匝的芦苇。在岸堤顶上，可见芦荡全貌。这条位于长江下游清洲县区域的江边绿带，宽过一里，上下绵延，一眼望不到尽头。在风的作用下，大片的绿和着有节奏的潮声起起伏伏；若是秋天，顶面会铺一层雪白的芦花，与远处略有些泛黄的江水遥相呼应；而到冬天，芦叶枯萎，这片江滩又会换上灰黄的色调，几乎和远端融为一体。

在响珍眼里，这大自然的调色板没有多少诱惑力，江边长大的她最平常的消遣就是坐在岸堤顶上，看那片江芦摇曳着变换不同的颜色，或是迎着下游四十公里外长江口吹来的有些咸味的江风，唱上一曲山歌。

此刻，爬上岸顶的响珍未做任何停留，便顺着面江的堤坡侧着身子溜滑下去，转眼消失在看似找不到一丝缝隙的芦荡里了。

进芦荡的小道，开口处也就尺把宽的小缺口，外地人根本看不出来，只有常进去打野的开沙铺人才认得出。往里走，小道时有时无，最宽处也就半米样子，地上的泥沙时干时湿，走出一百来米便完全没在水里了。小道从这里再分出数条小径，从多个方向延伸至芦荡的最外侧。这片芦荡，响珍已无数次进出，能闭着眼睛判断每条小径的走向，对潮水涨落的规律也毫不含糊，因而她对母亲的叮嘱全然没放在心上。

然而今天，似乎一切都与往常不太一样。

直到日头拔直，响珍还没从芦荡里钻出来。珍她娘有些担心，吩咐珍她爹："去堤上看看，潮头要来了。"

日头偏西，响珍仍没出来。珍她娘、珍她爹、珍她爹的爹都爬到岸堤顶上，拔高了嗓子朝芦荡里喊："潮来了——潮来了——"

江芦起伏摩擦的唰唰声、潮水不时上涌的哗哗声交织在一起，吞没了岸上人们的嘶喊。风明显紧了许多，芦荡里芦苇的起伏幅度更大了，远处隐隐能看到长江下游涌来的浪头激起条条白纹。

潮来了，潮头真的上来了，岸边原本板结干燥的沙土被水浸润，闪着光泽。

岸顶上很快聚集起一大片开沙铺人，人们无助地望着眼前汹涌起伏的江芦，那片蓬勃生长的寻常植物，此刻变成了吞没一切的怪兽，让人胆战心惊。

直到这时，人们才猛然想起今天正是农历八月十八，满潮的日子，一年中潮汛最大的一天，俗称"潮头生日"。

珍她爹和两个懂水性的后生挽起裤腿准备冒险下滩。珍她娘抹着眼泪："海里捞盐，试试吧。"

这年，响珍刚满十九岁，却已是开沙铺响当当的人物了。不为别的，就因她有一副穿云破雾的好嗓子。她的嗓音锐而不厉，高亢又厚实，发到极致也不会破，极具穿透力；若顺风，三里开外能听清她说的每一个字。有一回，开沙铺几位顽童不知天高地厚闯进芦荡捉蝲蛄，在大潮到来的最后一刻，被她喊了回来。从那时起，"响珍"便成了她最响亮的名号，真名反倒无人问津了。

"要是响珍在，定能把她唤回来！"人群里有人突兀地冒出一句，大伙本能地发出一片赞许声，又瞬间意识到这个能救她的人正是此刻陷于危险之中的她自己，于是更生出一份绝望来。

三个救援人进入芦荡已半个时辰，岸脚的水渐渐冒了上来。珍她爹的爹在岸上喊："都回来吧！别往里走了，再搭进几条人命，不值！"

潮水渐渐升高，远处最外侧的江芦只剩下头挣扎着露出水面。堤岸上，人们的心都提到了嗓子眼，恐惧让他们变得有些木然，也有些神经。

就在潮头的涌浪击穿众人最后一丝希望之际，进滩的缺口处传来江芦被拨开的窸窸窣窣声和渐渐清晰的蹚水声，三个男人从

芦荡里闪了出来，潮水没到他们的腰间，其中一个身上绑了一根绳，另一头牵着浑身湿透的响珍。

看着从鬼门关闯出来的四人爬上堤顶，刚刚经历从绝望到惊喜巨大落差的珍她娘一阵眩晕，一屁股跌坐在岸顶的地上。

二

开沙铺的人们还未从响珍死里逃生的后怕中清醒过来，头上又很快笼罩了巨大的疑问：对这片芦荡与潮汛了如指掌的响珍何以陷入绝境？他们对响珍"迷路"的解释无法释怀，直到第二天上午，从县城茅镇来了一群国民党保安团的士兵，人们似乎找到了一点儿事故发生的端倪。

来开沙铺的"黄衣裳人"（当地人对国民党部队的统称）约一个班，他们端着中正步枪爬到江边岸堤上，望着成片的芦荡一筹莫展，沿堤巡查一番后，把目标瞄准了堤岸脚下那片高高矮矮的民房，于是滑下岸堤挨家挨户敲门问话。

开沙铺人这才得知，昨天，县城里逃出来一个共产党，说是顺着江堤从东边过来的，到开沙铺地段就不见踪影了。

对黄衣裳人的问话，开沙铺人异口同声"不清楚""没看见"。他们当然不清楚，但同时又都心里咯噔一下：昨天惊险一幕莫非与此有关？

黄衣裳人走后，铺里几个长辈找到响珍："珍，昨天芦荡遇险是否与此有关？你说实话，我们也好有应对之策！"

响珍哈哈一笑："我哪有这本事，昨天就是耽搁了一点儿时间，回程晚了，后见潮水涌上来，心里一急就迷了路。"

长辈们不死心，耐心劝："你说实话，我们一起担责；不说，你自己担责。你年纪轻，若出事，应付不来的！"

响珍把脸一沉："几位大伯，我响珍年纪虽小，但做事历来清清爽爽，你们放心便是。"

见问不出什么，几位长辈长叹一声："但愿老天保佑！"

此后两日，开沙铺、江堤、芦荡一如往常平静，堤内犬吠鸡鸣，堤外潮涨潮落，只是响珍的山歌唱得更勤了，立在岸堤上，迎着江风唱，敞开嗓门唱，唱得芦荡野鸟惊飞，唱得江面云开雾散。

　　� 呒鱼呒水不是河

　　呒篾呒藤不是箩

　　呒狗呒猫不是窝

　　呒郎呒姐不是歌

　　穷人要唱穷人经

　　戴只帽子呒得顶

　　穿件布衫露背心

　　一条裤子只剩四条筋

　　着个鞋子呒得脚后跟

　　……

嘹亮的歌声让开沙铺人停住了手里的活，让鸡狗屏气敛息出不得声。人们惊奇地望着立于岸顶的响珍，赞道："那天险情似为她通了一脉，这山歌又长了。"

就在响珍遇险三天后的下午，六个从县城来的黄衣裳人又进了开沙铺，他们领命前来追查那逃走的共产党。六人正商量着从哪里入手，就听岸堤顶上传来清脆的山歌声。当兵的似被施了魔法、点了穴位，都呆呆然沉浸其中，直到一曲唱罢，顶着一颗大脑袋的领头兵方想起来此目的，他一枪托砸向一个把枪放地上、托着腮帮痴痴望着响珍、长得瘦猴似的小兵，喝道："干吗呢，掉魂了？问话去！"

瘦猴被砸得从地上蹦了起来，差点把明显大一号的大盖帽给蹦下来。他边扶正帽子，边爬上岸顶来到响珍跟前："唱曲的，先停下，我大哥有话要问。"

响珍不理会，朝岸脚下几个黄衣裳人唱道：

我是百姓你是兵

大路朝天分得清

百姓只管田头事

兵爷有啥问良心

领头兵扑哧一乐："哟呵，还真是伶牙俐齿的山歌精。我且问你，大前天到芦荡里半天没出来，差点出不来的，是不是你？"

响珍眉头一皱："谁嘴欠乱嚼这事？听谁说的？"

领头兵扬着脖子奸笑一声："那天潮水差点淹死几个人,这事传了半个清洲!有人看见那个共产党就是从这里逃进芦荡的,你在里面半天了,难道没看见?!"

响珍接口又要唱,刚出一声,就被领头兵厉声喝止:"停——别跟我们玩什么调调,私藏共产党,你知道什么罪吗?"

响珍面无惧色,迎着黄衣裳人的眼睛稳稳地说:"当兵的,我们开沙铺人以滩为家,只知道种田打鱼的生计,你们恩恩怨怨与我何干!"

"好呀,牙口蛮紧,待我们进去捉他出来,到时一审,有你好看的!"

在领头兵的驱赶下,几个黄衣裳人爬上岸顶,挽了挽裤脚,提着枪就要下芦荡。

响珍面无表情,冷笑道:"当兵的,走稳了——"随即放开嗓子又唱了起来:

> 江面无风三尺浪
> 大潮来了白茫茫
> 芦荡不怜冒失汉
> 叫天呒应见阎王

就像应验响珍唱词似的,江面上刚才还晴朗的天空突然间涌来一大片黑云,风渐起,江芦齐刷刷迎风摇摆,无数芦头的摩擦汇聚成澎湃的沙沙声,像似里面埋伏了千军万马。

正要从芦荡边挤进去的几个黄衣裳人见状脸色大变，面面相觑。他们停住了往里的脚步，在岸脚与芦荡的交界处迟疑了好一会儿，最终还是哭丧着脸退了出来。待他们气呼呼地爬回岸顶，听到响珍正唱到那几句：

> 莫道潮水太无情
> 只是天下路不平
> 穷人进滩让三分
> 官爷来了勿太平

三

自打那天响珍山歌唱退黄衣裳人之后，县城里的国民党兵再没来过开沙铺，追查逃走的共产党一事也就暂时搁置了。在开沙铺，在整个清洲县，那逃命的共产党到底进没进这片芦苇荡，最后是逃走了还是死于非命，成了谁也说不清的悬案。

这是民国三十七年八月发生的事，距共产党军队解放县城茅镇还有不到半年。尽管响珍始终没有承认与那逃走的共产党有什么瓜葛，然而在开沙铺，十九岁的她却似升了辈分，大人们收起了往常居高临下的尊长气势，有了大事甚至还要来一句，听下响珍怎么说；孩童们则不约而同称呼她为"珍姐"，几位辈分高于她的也不例外，弄得响珍倒有点局促不安了。

日子一如潮涨潮落的长江水奔涌而过，响珍仍时常像男人般独自进滩，或割些芦柴，或捞些鱼虾，或仅是玩兴来了深入芦荡最外侧，从最近端感受江面的壮阔。她的山歌一如既往的高亢嘹亮，穷人生活的艰辛、江边独有的野趣，以及对时局的感慨，皆可变为响珍嘴里的山歌调，那现编现攒的功夫常常使人拍案称奇。

转眼到了一九四九年春天。

一个风和日丽的晴好日子，太阳升起不久，顺着五六级东风，从县城茅镇方向传来一阵紧似一阵的"噼噼啪啪"声，似除夕的鞭炮，细听又夹杂了一些不一样的尖厉呼啸，像有什么东西划破天际。这不年不节的动静让开沙铺人停下手里的活，不约而同抬头望向天空，继而又盯着从外界进入铺里、贴着岸脚的唯一一条羊肠小道，仿佛有什么消息要顺着那小道进来。他们的脸上既有疑惑，又有置身事外的淡然，甚至还带了几分莫名的兴奋。响珍和几个胆大的爬上岸顶，远眺东方：岸堤内，几块色调灰暗的村落毫无生气地躺着，在周边成片从僵土中醒来的返青麦苗的包围下，越发显得灰头土脸；岸堤外，灰白相间的芦荡依然嚣张地占据了一大片江面，几只水鸟在波涛一般的芦苇顶上飞掠……站在岸顶上，除了那愈加激烈的声响更为清晰外，看不到一丝明显的异样。

那响声一直持续到晌午时分才渐渐停息。开沙铺人早已收起好奇，该干吗干吗；几位爬上岸顶的男人也早早溜下了岸坡，唯有响珍一直立于岸顶，就像小时候带着敬畏凝视脚下的芦苇荡一般凝望东方，任凭阳光泼洒、江风吹拂，雕塑般纹丝不动。

第二天，几位跑码头的开沙铺人带回消息，县城里国民党兵被共产党的部队打跑了，乘船退往江南。他们还说了一个开沙铺人从未听过的词：解放。此时，开沙铺人还不明白"解放"二字的含意，只是隐约感觉"这世道要变了"。

共产党工作组是县城解放三天后进的开沙铺，他们统计了人口，登记了各家的情况，对堤内的几十亩薄田重新划定了归属。看着这支穿着与国民党截然不同的制服、脸上带着自信与微笑的队伍，穿梭于开沙铺低矮的草屋和冻土软化返浆又经反复踩踏而泥泞的小道间，开沙铺人才真真切切意识到，"世道真的变了"。

这天，响珍正在院子里用铡刀铡些羊吃的干草，族户里辈分最高的樊老太爷领着一位身材魁梧的中年人进了院子。只见樊老太爷用手朝响珍指了指，中年人便快步走了过来，边走边向响珍伸出手来："您就是响珍同志?"

响珍忙立起身，拍拍身上的尘土，却不敢去接中年男人伸过来的手，回道："是。噢——不，别人这样叫我。"

来人顾不上尴尬，朗声说道："响珍同志，清洲县委让我来找您，要我转达对您的感谢和敬佩！"

闻听此言，从来天不怕地不怕的响珍瞬间红了脸，她呆立在原地，一时竟不知如何是好。

随着来人的陈述和响珍不太情愿的回忆，半年前那个让人耿耿于怀的"悬案"终于揭了底。

开沙铺人从县政府公家人口中得知，当时遭国民党追捕的共产党叫章天择，因对清洲比较熟悉，被派来茅镇做策反工作，不料事情败露被抓。农历八月十八，他和三位被俘的共产党东南警卫团士兵一起被押解到位于江边的大闸坝刑场处决，正要行刑，游击队劫了法场，章天择乘乱挣脱绳索逃了出来，在国民党兵的追击下，一头扎进了开沙铺外茂密的芦荡。

下面是根据响珍回忆复盘的那天芦荡里发生的惊心动魄。

一九四八年农历八月十八，响珍带着麻绳、斜刀进芦荡砍些干枯的芦柴，直到晌午时分，收拾了满满一捆，绳头都快不够打结了。正准备退出时，面前的芦丛中突然闪出一个人来，只见此人衣衫褴褛，面色苍白，裸露的肩臂处有数道血印。响珍一看便明白个大概。陌生人看见响珍也吃了一惊，慌不择路就要往芦荡深处钻。响珍一把拉住："潮头要来了，你跟我来。"她一手提着柴草，一手牵着陌生人，顺着通往上游的小道走出八十多米，来到一地势稍高处，用斜刀割出一块空地来。响珍把割下的青芦苇垫在下面，压上周边挖出的泥沙，再把拾到的那捆干芦柴垒上去，做成一米多高的"救命墩"。她让陌生人站上去，吩咐道："就在这里藏着，谁喊也不要出来。潮头要上来了，这片芦荡都会淹，立在上面不会有事，回头我来找你。"响珍看着陌生人爬上"救命墩"，拉住边上芦苇稳住重心，她又从衣兜里掏出娘摊的玉米饼塞到陌生人手里，转身沿着来时的小道消失在芦荡里。

潮水涨得很高了，响珍费力回到与陌生人相遇的地方，她不想让别人看出遭遇了什么。此时潮水已淹到她的胸部，水的浮力让她每走一步都非常吃力，更要命的是涌浪把江芦打得东倒西歪，回去的小道完全被覆盖，需要边走边清理出一条通道来。原

本谙熟的环境第一次让响珍感到了害怕。她手脚并用，把挡道的歪七倒八的芦苇分到两旁，有时干脆整个身子浸入水中，从水下缝隙处钻过去。到岸边还有六十多米的距离，照这样的速度显然难以在潮水完全吞没自己前脱身！响珍脑海里闪过一个念头：难道今天要葬身于此?!

正绝望时，前面杂乱的芦苇忽地"自动"向两边分开。恍惚中，她看到爹出现在面前，后面跟着两个精壮小伙。

第二天上午，响珍又偷偷下了江滩，为陌生人送去一件干爽的大褂和四五只刚从地里挖出来的山芋。响珍对陌生人说："国民党兵昨天下午来过了，这几天肯定出不去，他们随时可能来搜查，我也不能频繁进芦荡。你记好，我用山歌为你传递信息——要涨潮了，我唱情歌调，无论在做什么，马上回到'救命墩'上；国民党兵来了，我唱生活调，你赶紧躲到芦荡深处。"

就这样挨过了三天，响珍没再进芦荡，只是用不同的山歌调为陌生人通风报信。第四天，响珍见局势稍稍缓和，再次冒险进了芦荡，却不见了那陌生人，"救命墩"上只留下她拿来的那件大褂。

……

"我不知道那人是走了还是出了什么意外，也没法打听，只能装作什么也不知道过自己的日子。"响珍对中年人说。

来人看着响珍年轻的脸庞，激动地说："是我党地下组织从江边驾小船把他接走了。临走时他要我们告诉你两句话，你发出的信号他全部收到，你的大义恩情他铭记在心。"

恍然大悟的开沙铺人群情激奋，尽管当时对响珍的古怪行为就有"不那么简单"的预感，但她做下的惊天事还是让人们难以置信。族户里辈分最高的樊老太爷高声宣布：救人一命，胜造七级浮屠，响珍将成为记在族户祠堂功德牌上的第一个女人。

四

清明节那天，茅镇县政府前广场上人潮涌动，广场中央，人们用木头、木板搭起了一米多的高台，靠边的两侧各竖一根毛竹，中间拉了一条红布做的横幅，上面写着：清洲县全境解放祝捷大会。

拥挤的人群中，就有开沙铺来的响珍。自打用唱山歌的方式救下落难的共产党人，响珍连同开沙铺在清洲赢得了名声。这次，她是受邀作为拥军模范代表前来参加万人祝捷大会的。她还要与一群解放英雄一起登上高台，接受表彰。

一阵喧天的锣鼓后，一位身材高大的中年男子从右侧跃上高台，声音洪亮地宣布祝捷大会开始。响珍定睛一看，这不是几天前来开沙铺找她的那位共产党干部吗？她忙问身边一位穿便装、背着步枪的男子："他，什么官？"男子大声说："你不知道？他就是东南警卫团的冯华洲政委！现在的清洲县县长！"响珍嘴半张着，半晌才醒悟过来似的使劲鼓起掌来。

自始至终，万人大会被一种激昂的情绪左右着，时而全场肃立，原本喧嚣的广场变成一片无风的树林；时而口号声震天，似山风刮过，海啸席卷。响珍被这种情绪感染、裹挟着，好像化身为芦荡里的一枝芦苇，不由自主地随着激流和风势起舞。她有一种不真实的感觉，陷入忘我的境地，以至无法集中精力跟着大会的议程。恍惚中，她记得被喊了名字，被簇拥着登上了高台，被戴上了大红花。她还记得在台下齐声"唱一曲"的鼓励下，自己亮开嗓子现编现唱了一曲《开沙铺的春天》。那天，她似乎全身充满了能量，没怎么想唱词竟脱口而出，事后却似被抽空了记忆，一句词也想不起来了。

这年十二月底，岸脚下那条小道上走来了一位戴眼镜的年轻人，他自称姓崔，说是县政府的文化干事，来开沙铺是要把响珍唱过的山歌整理一下。

见到响珍后，崔干事却傻了眼——不识字的响珍从没记录下唱过的任何一首山歌调。

见崔干事满脸失望的神色，响珍哈哈一笑："虽没有写下来，但我一样能交给你。"

崔干事疑惑地望着响珍："记在哪儿了？"

响珍拍拍肚子："都在这里装着呢。我写不下来，也说不上来，但只要开口一唱，十年前唱过的也不会忘记。"

于是，响珍唱，崔干事在本上记；响珍气不喘地连唱了八十六首山歌调，崔干事记了整整两大本。

崔干事惊得目瞪口呆："清洲山歌大王原来在这里！"

几年后，县里成立山歌剧团，县长点名要响珍进团。响珍为难道："我目不识丁，只会唱，不会看书，更不会写字！"县长宽慰她说："我们要的就是你的唱功，再说不识字可以学嘛，现在县里办了很多夜校，你马上开始学文化，我派老师专门辅导。"就这样，响珍成了一名专业清洲山歌剧传人，她边演边学习，边学边创作，终成名副其实的清洲山歌王。

一九六八年春天，作为新一代清洲山歌剧传人，响珍带着剧团成员进京参加全国民间歌舞会演，盛况空前，首都观众沉浸于遥远长江流域沙洲文化的独特魅力中，如痴如醉，不能自拔。

这是响珍第一次走出县城，更是第一次来到首都北京，心情激动的她三天三夜没有好好睡觉，依然精神亢奋。看着陌生的城市风光，她脑海里闪过的却是开沙铺的炊烟、让人仰望的长江岸堤、四季换装的芦苇荡……她把家乡的风情融进清洲山歌剧，连演十三场，场场叫座。

演出期间还收获了一个意想不到的插曲。

那天，她刚在剧场演出结束，回到后台正在卸妆，剧场管理前来告诉她有观众求见。她扭头朝门口望去，一位穿着中山装的中年男子倚门而立。她觉得此人有点眼熟，似乎在哪里见过，又一想这里怎会有熟人，便莞尔一笑："同志，有什么事吗？"

中年男子仔细端详卸了妆的响珍，最后确定似的自言自语："没错，没错，肯定是她！"他一步跨进屋来，近距离盯着响珍看："您是清洲县人？您老家边上有道岸堤？堤外有片芦荡？"

响珍困惑地朝男子点点头。

中年男子激动得语无伦次："太巧了，太奇妙了，您的山歌将我拉回到二十年前。还记得吗？二十年前，长江边上的芦荡里，潮水包围下的'救命墩'，您出手救了一个逃命人！"

响珍失声叫道:"难道是您……"

中年男子紧紧拉着响珍的手,再也说不出一句话来。

回清洲的火车上,剧团成员们抑制不住内心的激动,兴奋地交流着此次进京会演的感受和收获,唯有响珍默默地坐在车窗旁,出神地看着窗外闪过的树木、房屋、河道。她还没从巨大的惊喜中回过神来。当年她利用山歌调救下的共产党,二十年后又因山歌的撮合,与之在千里之外的首都意外重逢,这样的奇迹让清洲山歌剧在首都观众中引发的轰动也黯然失色了。她感慨天地之造化,人事之轮回,于是在她的认知里又多了一种执念:天涯无处不相逢,有时,也许只是一潮江水、一曲山歌而已。

五

响珍的山歌一直唱到二十一世纪初。其间,她又三次带队赴京演出。二〇〇〇年,清洲山歌剧被列入国家级非物质文化遗产。

二〇一二年,八十三岁的响珍在睡梦中去世,结束了传奇的一生。后人在她的墓碑上刻下一行字——革命老人,一代清洲山歌王樊秀珍之墓。

原载 2023 年 7 月 31 日—8 月 7 日《南通日报》(连载)

无法停下的手机

可以肯定，我没有触碰手机，它就径自播放起节目来。节目是个关于俄乌战争的评论，手机屏上只有一个不知是不是俄乌战场的静止画面，也没有主持人出镜，只有一个声音在一字一顿、字正腔圆地响着。

不大的会议室里，领导正在讲话，声音不大，大家都在专注地倾听，整个会场的氛围是肃静和庄重的，一如往常。因而在这样的环境里，突然而起的节目播放声显得尤其响亮和尖锐，且不合时宜。

我吓了一跳。坐在长条会议桌上的其他与会人也都露出惊奇的神色，目光齐刷刷地从原本注视着领导转向我这边。

领导停住了讲话，面无表情地看着我。

我赶紧把手机拿起，想把这节目退出去，但它好像卡住了一般，怎么按返回标志也不起作用。我随即摁手机侧面的音量控制按钮，摁住不放，仍不见音量减弱。我慌忙又摁住关机健，用力压住，压得手指发痛，还是不见效果，以往一摁就显出"关机"

两字的屏幕上，依然是那烦人的战场画面，滔滔不绝的评论声仍在刺激着众人的神经。

领导皱了皱眉，用眼神示意我先出去。我如获大赦一般，带着洪亮的播音声，狼狈地逃出会议室。

回到办公室，我赶紧把手机递给同事小金。她年轻，对这类电子产品有着天生的熟悉感，随便什么新玩意，一般稍拨弄两下就可顺畅操作。然而此时，面对这台停不下来的手机，她竟也束手无策了，降音、返回、静音、关机……几套程序做下来，竟没一个管用的。手机节目里，那略带磁性的播音声还在喋喋不休。

我不只是恼怒了，简直有点毛骨悚然。在我眼里，那台外观精美的手机顷刻间变为青面獠牙的阴间小鬼；那悦耳的播音声也变成了回荡在阴森地狱里的瘆人的狂笑。

"送手机店去修吧，只有让专业技术人员想办法了。"小金遗憾地把手机放回我手里，无奈地摊了摊手。

手机节目里的声音可不管此时我的尴尬与难堪，还是那般四平八稳地评述着，带着自始至终的自信与从容。

我把手机塞进皮包中间夹层靠边的小夹层里，拉上夹层的拉链，再拉上皮包的拉链——恼人的声音终于压低了些。

我连包带机直奔手机维修店。手机店老板微笑着看着我像变魔术似的从一层又一层的皮包夹层里拿出手机。手机里的声音随着夹层的拉开逐渐升高。

"什么问题？"老板问。

"声音关不掉！"我像看着救星似的望着手机店老板。

"你开玩笑?!"老板嘴上质疑，脸上还是挂着微笑。需要处置这样低级的问题，可能他还是第一次碰到。然而，几番操作下来（我们试过的几道程序外加维修师傅的技术性手段），他自信的笑容渐渐僵住。"碰见鬼了！怎会有这种事情?"他把手机放到工作台上，手抓着头发，一脸难以置信地盯着它看，像盯着一个怪物。

显然，手机店老板的消音努力也未能成功，因为手机里的那个声音还在肆无忌惮地、示威似的长篇大论。

"帮我把手机电池取下，不就能关机没声了吗?"我自作聪明地小声提议。

"你这款手机的后盖和电池是不好随意拆卸的，拆了就装不上去了。"

"那还有其他办法能让这声音停下来吗?"

"其实也很简单，用布包住，多包几层，然后关在没人的屋里，放它一两天，忘记它，手机电量用光了不就自然关机了！"

"这是个办法。不过——这手机从没离开过我半小时以上的！"

我几乎要哭了，从未有过的无助感让我彻底崩溃。突然间，一个罪恶的念头牢牢地抓住了我，我的目光变得无比坚定，脸上闪过一丝冷笑："师傅，我有办法让这声音现在、立刻就停下！"

手机店老板吃惊地看着我，看着我恍然大悟般地拿起手机，

高高扬起，然后狠狠地朝店里的水泥地面砸下去……只听得
"咣"的一声——

　　我醒了。枕头边，睡前忘记关掉的手机里，那个声音还在耳
旁精辟分析着俄乌战局，没有要停下来的意思。

　　　　　　　　　原载 2023 年 10 月 11 日 "百草园" 文学公众号

相亲变奏曲

相亲一

时间：2023 年春

地点：雨林咖啡

晚上七点三刻，小曾和父亲就到了雨林咖啡，要了个靠窗的大包间。父亲说："也就五六个人，中包完全可以了，何必多花那一百六十元钱。"小曾想了想说："还是大包吧，别显得咱小气了。"

约在雨林咖啡见面是媒人龚阿姨提出来的，她说小姑娘比较时尚，在这种地方见面可先留个好印象。

小曾今年三十一岁，虽说皮肤黝黑点，但也有一米八的个头，加上在一家建筑公司做预算，一年挣十来万还是有保证的，按说怎么也排不进"结婚困难户"的行列。可不知怎的，相了七八回亲，都是无果而终。他倒也不急，现在社会男方三十出头不算大龄，可架不住父亲催得紧："早点谈有挑选的机会，再晚就成末藤瓜了，个再大也换不来好价！""我像你这般年纪，你都上幼儿园了。"

这不，整个春节假期，这已是小曾相的第三场亲了。

八点整，龚阿姨领着女方准时出现在通往二楼包厢的楼梯上。小曾和父亲在楼梯口接人，两人定睛一看，连媒人在内一共来了六位。小曾暗自庆幸：亏得定了大包，不然出洋相了。

众人沿转角沙发依次坐定。龚阿姨一一介绍，姑娘姓方，陪同来的有其母亲、大姨、小姑，外加姑娘的小侄子。像这姓一样，方姑娘人长得大大方方，性格也是大大方方，招呼落座，拿杯倒水，一点儿也不扭捏。小曾看见暗喜：这性格跟我有互补，若对方有意，我也认了。

服务员拿来单子，问要点些什么。小曾接过，只见上面密密麻麻列了几十样消费品，咖啡、奶茶、茶类，每类都有五六种，还有可乐、雪碧、矿泉水，凡说得上的应有尽有。小曾明白，这些都不在基本消费里，得另算。

这场合，平时家里再节俭也得摆点派头了。"几位阿姨点自己喜欢的，不必客气，想点什么点什么。"小曾望向方姑娘，那意思不言自明：你喝点啥？不料姑娘此时正看别处，和小曾的眼神并无交集。龚阿姨不亏做媒的，快速接过话头："小方喜欢喝咖啡。来，小方，你选个口味。"方姑娘莞尔一笑："行吧，我喝咖啡，什么口味都行。"

小曾扫了一眼单子，最贵的是拿铁，五十五元一杯。他狠狠心，转向服务员："来两杯拿铁。我平时不喝这个，听说挺提神的，今个儿试试。"

龚阿姨笑着说："小年轻喝咖啡挺好。我来个珍珠奶茶。你们几个呢？我知道曾大哥要喝茶的，泡杯龙井。还有呢？"她眼神朝向几位女方亲眷。

姑娘母亲摆摆手："我喝不了这洋玩意儿，开水就行。"

"哪行呢！必须得喝点儿什么，不用为小曾省钱，他一年挣几十万呢！"

方母依然摆摆手："真不要，你们喝你们的，我就要开水。对了，给小家伙来个小瓶可乐，他就要喝这个。"

见小方母亲这样，姑娘的大姨小姑也忙表态："我们也喝开水，开水最好。"

小曾见她们坚持，也没多想，便说："几位阿姨想喝什么都行，那就开水了。服务员，拿个水瓶来，再来三个热水杯。"

茶饮一一到位，大人们渐渐寒暄开了。龚阿姨简单介绍了两边的基本情况。方母着重对小曾的工作情况做了了解，并说了两句肯定的话："小伙子有上进心，肯吃苦，挺好。"

喝着各种饮料，吃着摆在面前的水果拼盘、瓜子、糕点，几个大人从各自家庭到朋友邻居，从眼前的食品到日常开销，聊得挺热闹。倒是小曾和方姑娘两个静静坐着，像是局外人。

一个小时很快过去了，该聊的都聊了，该看的也看了。方母站起来："时间不早了，我们要回去了。"龚阿姨赶紧提醒："两个小年轻加个微信，你们回去自己聊。"

这是典型的相亲模式，就像做事起了头，过河搭了个桥，之后就看两个年轻人的缘分了。

然而，这场看似很有希望的相亲很快到了尽头。第二天，女方传过话来："经考虑，决定不谈了。"小曾不解："聊得挺好，咋又泡汤了？"龚阿姨反问："问题在哪你不知道?！他们说喝开水你就点开水？唉，真是个'直男'！"

相亲二

时间：1989 年冬

地点：女方家里

天一擦黑，小曾就被母亲催着出发了。当他上身穿件八分新的派克大衣，下身穿条肥大的军裤从里屋出来时，母亲皱了眉："没衣服了，穿这身哪像去相亲？"

小曾摸了摸短平的头发："平时啥样就啥样，装出来的终究要露馅的。"

母亲拗不过，无奈地说："一点儿也不要好，寻不着娘子，该！"

小曾刚从部队退伍回家，被安排在一家镇办厂上班，虽刚满二十四岁，却已是同龄伙伴中仅剩的未婚男青年了。

按农村风俗，相亲一般要去男方家，好让女方家人对男方家境有个直观了解。但这次约好了时间，女孩父母却有事走不开。

女孩母亲说，那到我们家来吧，现在新时代，谁上谁家都一样。于是，这次相亲就成了反弹琵琶。

当媒人领着小曾母子俩，骑自行车赶到八里路开外的女方家里时，天已完全黑透了。女方一家早已在门口等候，在五路头拔廊的瓦房里，四十瓦白炽灯在漆黑的夜幕下营造出一片柔和温馨的光区。

三人走进室内，只见一张八仙桌摆在中间，四条大阔凳泛着油光煞是醒目，八仙桌上铺了一层炒熟的带壳花生和蚕豆。屋里除了女孩和父母，还有三位邻居。

大家围着桌子坐了下来，八个人一桌，女方母亲则忙着为每人盛一碗红糖茶，还不时地往桌上添一些花生、蚕豆。

小曾掏出红壳子牡丹烟，给女孩父亲和一位男邻居各递了一支。不一会儿，在有些发红的灯光下，两条烟柱袅袅升腾。

填满小屋的还有大人们爽朗的笑声。在他们的谈资里，有今年田地的收成，有渐成气候的绣品行业的生意经，有哪位老板开厂成了万元户……他们聊得兴致盎然，似乎忘记了两位年轻人才是今晚的主角。只有女孩母亲在忙碌间不忘偷偷瞟上几眼坐在姑娘对面的小曾。

小曾和姑娘相对而坐，两人都有些紧张，微露笑意地听着大人们"高谈阔论"。小曾有些无聊，他不能也不想参与话题，只得用喝糖茶、吃花生蚕豆来消遣辰光。他完全沉浸在边喝糖茶吃花生蚕豆边听大人聊天的节奏里了，以至把糖茶喝得只剩下糖脚①也浑然不知。更要命的是，他还无意识地专找瘪壳花生吃，哪怕再细小的花生粒也不放过……母亲见状急得直向小曾递眼色，还不时用胳膊肘碰碰毫不在意的儿子。

……

从女方家出来，小曾母亲就没好气地一路埋怨："傻儿子，前世没吃着过?! 这种场合再怎样也要顾着点吃相。这次相亲怕是白跑一趟了。"小曾一声不吭，骑着车埋头赶路。

三天后，媒人传过话来：女方挺满意，同意交往。小曾母亲一脸困惑："他们不嫌我儿直性子?"媒人解释："姑娘母亲最满意的就这点，说一看就是直爽人，做事还节俭，以后能过日子的!"

事后，小曾也很感慨："做人要真，是啥样就啥样! 以后我要有了儿子，相亲时也要他做到这一点。"

原载 2023 年 9 月 27 日《南通日报》

---

①糖脚：海门方言，指糖溶于水后沉淀下来的渣。

今晚谁来赴约

一切都是那天他走到报箱前看似随意的一瞥开始的。

他家的报箱已空置两年多了。以前，那里经常被一些报纸杂志、商家广告塞得满满的，这是他独居多年不可或缺的精神慰藉。他甚至还用它订了一年多的牛奶。如今时过境迁，他已习惯从网上看新闻。尽管他还排斥用微信或支付宝进行消费，总觉得把银行卡绑定到手机上会带来诸多风险（也许这是他一直未能找到另一半的原因之一），但时代的发展还是推着他告别了许多传统做法。因而，当他看到报箱的开口处露出信封的一角时有些诧异了：这年代还有谁用它来传递信息？

他很自然地把从不上锁的报箱打开，取出任何一个文化用品店都能买到的普通信封，上面是潦草的两个字：内详。

他撕开封口，从里面抽出一张折成三折的 A4 纸，打开，竟是一首诗：

本性为倾慕的热流浸润

它使心灵宛如华宫

爱情恰似主人

在心灵中恬静地休憩

或是短暂睡眠

或是安度漫长时辰

……

下面还有一行字：想一起挥霍一个难忘的午夜，约吗？

他把信封口朝下抖了抖，掉出一张蓝海影城的电影票，上面的电影日期是十三日晚上二十一点三十分，位置是十六排八座。

第一时间，他想到的是愚人节的恶作剧。在愚人节里被人捉弄倒是有过几回，但愚人节已经过去一个多月了。抑或是哪个商家的促销奇招？可约到电影院能推销什么？

他晃着脑袋、拿着票上了四楼的住宅。既然想不明白，又何必费那心思，权当没这档事。他随手把装着 A4 纸的信封扔到茶几上。

没过几分钟，他忍不住又拿起了它。

"看笔迹像是个女人写的，还文绉绉地写了首诗，会是谁呢？"

他拿起手机从 114 处问到了蓝海影城的电话。他知道这是市里首家 IMAX 巨幕影城，只不过离他住处稍远些，走过去要过五个街区。电话那头告诉他，十三日晚上二十一点三十分上映的是最新引进的好莱坞大片。他谎称要买该时段十六排八座的票。电话里只听一阵键盘响,稍后告知已售出,要他另择位置。

票根的真实性看来毋庸置疑。

那么是谁舍得花六十八元票钱要捉弄他一下呢?

他依然理不出头绪,便决定不再去想,反正电影是明天晚上的,做决定还有时间。

第二天,他一整天都处于神情恍惚之中,脑海里过滤了六七个与他有些关联的女人来:曾经谈过的杨小姐、暗恋多年曾××、同事胖刘、与他有业务关系的孙主任,以及泡脚房里眉来眼去的007号……可思来想去,似乎都不那么靠谱。

悬念像孙悟空头上的紧箍,搅得他脑袋发疼。

于是,到了晚上八点,他做出了要赴这场离奇约会的决定。他并不奢望凭空来一段轰轰烈烈的爱情,只是想解开这个让他心神不宁的结。

走进蓝海影城、坐到票上的位置时,离电影开场还有十五分钟。他觉得电影开始前应该有一段时间供双方,确切地说是让他来消化这个悬念。

时间一分一秒过去,来看电影的观众陆续进来。他左侧的空位很快被一群小年轻填满,右侧隔个位置坐了一对父子。直至灯光暗下,巨幕亮起,他右侧的位置依然空着。

搞什么搞?!放我鸽子!他有点愤愤然了,转而又一想,人家好歹花了六十八元请我看了场电影,没什么可抱怨的。也许人家真的有突发事情无法赴约。

他胡思乱想着,根本走不进剧情,还不时半起身观察一下四周，看有没有熟悉的身影。但每次都失望地重新坐回位置上。就这样在局促不安中过了两个小时，IMAX 出色的环绕音响、火爆的剧情都没能拴住他的注意力。平生第一次，他在好莱坞大片面前走神了。

回去时他有点垂头丧气，不是纠结今晚究竟谁约的他，而是为浪费了的两小时好莱坞剧情。

回到小区楼下时，他下意识地再次瞥了眼孤零零的报箱，昏暗的路灯下，那开口像上翘的嘴冲他笑着。

爬到四楼，他把钥匙插进锁眼，只轻轻一扭便转了半圈——门是虚掩的。他似乎明白了什么，猛地推开房门……里面一片狼藉，挂在墙上的电视机旁，矮柜的门敞开着，里面堆放的物件全被扒拉了出来，摊了一地；靠墙的书桌下，几只原本锁着的抽屉侧翻在地……

他恍然大悟般地"呀"了一声！

原载 2023 年 9 月 4 日《南通日报》

斩不断的亲情

离家

"你父亲病危，盼回家一趟！"这是他离家五年来从高中同学三狗嘴里听到的唯一关于父亲的消息。它带来的冲击是如此巨大，以至无法像往常一样完全屏蔽或忽视。

自五年前被恼怒的父亲重重地扇了两个耳光，并咆哮着让他滚出家门的那一刻起，他就从心底里斩断了血缘亲情。

三狗是他和家乡之间仅有的联系，但他要求三狗不可将他的情况告诉父亲，也不要传递关于他父亲的任何一丁点消息。他警告，做不到这两条就别做朋友。但今天，当三狗违背誓言从电话那头告诉他父亲的情况时，他的心里却丝毫没有怪罪决绝的情绪，甚至有了想正面回应的冲动。

这是怎么了？是自己从坚守的老死不相往来的誓言上后退了吗？是如今看到人生的希望而变得多愁善感了吗？这时，另一个自己又在顽固地把这样的念头顶了回去：我走到今天这一步，与绝情的父亲有什么关系?！

他承认，五年前离家出走时，自己绝对是个一无所长、不思进取的二流子，从市建校毕业后的三年里，没正儿八经工作过一天，混迹社会，靠啃老过日子。他清楚记得，那次因聚众斗殴被"请"进了派出所，出来后忍无可忍的父亲将他赶出了家门。断了经济来源的他过了一段流浪的日子，先是由三狗接济了一些钱，在距家一千多公里的大都市租了一间仅十几平方米的小屋，后凭借在建校学到的一点儿皮毛，在城里一个建筑工地打零工维持生活。之后，又经三狗点拨，他找到了正在这个城市拓展市场的一家乡建筑公司。在这里，他的人生走上了正轨。公司曾总听了他编造的经历接纳了他，让他成了公司一员，还垫钱帮他报名参加土建施工进修培训。在工地上摸爬滚打了两年后，他考取了二级建造师证书，现在是曾总手下的一名项目部技术员。

他不否认，正是五年前父亲的绝情之举，激发了他外出创业的全部勇气。他感激一直信守诺言并提供不少帮助的三狗，感恩危难时拉他一把的曾总。但这些和父亲有什么关系？当父亲挥动手臂将他一门推出时，暴怒的眼里可是看不到一点儿亲情暖意。

情绪在曾经的毒誓和突然冒出的隐痛间徘徊。他把自己的家庭情况和现在的纠结向曾总和盘托出。曾总平静地听他讲完，说了句意味深长的话：在亲情面前，再深再深的恩怨也不过是条一跨便过的小溪。

回家

　　坐高铁从遥远的都市回到江海平原上的老家，也就六七个小时。他没想到曾经遥远得想想都要集中精力的距离，竟然一下子变得触手可及。卸下行囊，他来到父亲床前，看到埋在被窝里的父亲是那样瘦小，几乎看不到被子的隆起；明显衰老又被疾病折磨的脸上没有一丝血色。他说了句："爸爸，我回来了。"父亲深陷的眼窝里干涩的眼珠动了动，喉咙里已发不声音，但他分明看到父亲的脸上漾过一丝笑意。

　　他看着父亲似油尽的灯芯被一点点熬干。回家后的第三天，父亲溘然长逝。他把父亲的死讯通知了所有的亲朋好友，他要用一场正统的葬礼宣告自己的回归。

　　葬礼上，他看到亲友们的神情是复杂的，既有对逝者已逝的悲凉，又有对浪子回头的欣慰。三狗似乎比他对父亲更有感情，几度失声痛哭，这让他感到意外又费解，直到他看到曾总出现在父亲的葬礼上。

　　曾总的不请自到让他不知所措。脸色凝重的曾总递给他一封信，一封父亲写给他的信：

儿：

　　本想再晚一点儿给你写信，然而疾病的加重让我不得不提前打破沉默。五年前，对你使用暴力，将你赶出家门，这是为父万

般无奈下使出的极端措施。我知道常规的说教已无法让你摆脱心魔，只有彻底斩断你对家的过分依赖，才可激发你重塑人生的勇气和动力。但我毕竟是你父亲，你离开后，我托三狗打探你的消息，让他转给你基本生活费。之后，又请我的老同学曾总代我行使照顾和培养职责。

儿子，我的苦心没有白费，尽管远隔千里，你的每一点儿进步我都看在眼里，要不是死神逼近，本想让我们父子这样隔绝的关系再延续一段时间。只要你能发愤进步，我宁可永远听不到你喊我父亲。

不要责怪三狗、曾总，是我要他们保守秘密的。

父亲

捧着父亲的绝笔信，回家后还不曾掉过眼泪的他终于泪如雨下。

原载 2023 年 6 月 12 日《南通日报》

包得开

　　绿林庄人迷信树，自古就有绿荫绕宅、古木参天的族户人气旺、财气旺的说法，庄里人因此落下个植树造绿的癖好。然而，绿林庄终究没有出过一位富甲三乡、官位显赫之人，倒是那一排排遮天蔽日的树木给了生活贫苦的农户许多恩赐。

　　绿林庄年年要种下许多树，也年年要挖倒许多树。树挖倒后，他们把枝条和根锯下，树干抛进阴沟，浸上一年半载，待树肉老结①，再剥皮晾干，锯成板条，做台凳、打衣橱柜子，随便支配。

　　树枝和树根是绿林庄人主要的柴火原料。当然用前先要打理一番。树枝好办，折断扎成捆就成；整理树根就有些麻烦了。树根个大，形无规则，还特别结实，锯砍是奈何不了它的，需用山支劈。山支形如镐，是一个长约半米的铁器，两头都有刀锋，一横一竖，装在木柄上，十分切肉②。整理树根一般要请专做这个

---

　　①树肉老结：木质变得结实。
　　②切肉：铁器的锋口下得深。

行当的人干，庄里管他们叫"开山支人"。

绿林庄干这一行当的共有四人，最出名的要数庄东的包天，人称"包得开"。包天自幼失去双亲，十六岁时随族户伯伯学开山支，十年辛苦，钱没攒得多少，却练得一身疙瘩肉，臂力过人，尤其是开山支的准头堪称一绝。使山支除气力外，关键是准头，劈厚了，不切肉，白费劲；劈薄了，支头打滑，出活少，还易伤着自己。包天劈树根，那刀头像长了眼睛，总是不厚不薄，刚好切开。别人需两天干完的活，他半天不到就解决。包天因此名扬十里八乡。

这年冬天，奇寒，民沟着底冻①。第一场雪后，从县城来的五个东洋兵占据了庄里的一间堂屋。他们是为征集过冬木柴而来。这堂屋四面环沟，仅留正南方一条小道出宅，是典型的四汀宅沟屋。东洋兵来后，又在小道上安了一道木栅门，晚上关严，俨然是一处野狗难进的独宅。

绿林庄人宁静的生活自此被东洋兵搅得乱了套。东洋兵每天逼着庄里人将捆扎整齐的木柴和没劈开的树根统统搬到堂屋前的空地上。庄北的二拐子因藏了几捆好柴，被东洋兵用枪托打断了唯一的一条好腿。孙寡妇前些日子刚死了男人，积存的干柴都在丧事中用光了，东洋兵叽里呱啦乱叫一阵，意思是没柴人抵，死拉活拽把孙寡妇拖进了堂屋。黑夜里，无助的呼号搅得一庄人辗转难眠。被糟蹋了的孙寡妇第二天下午就在自家屋后的一棵楝树

---

①民沟着底冻：海门方言，指水冻成冰直到沟底。

上上了吊。庄里人可怜她，凑了些钱，买了具薄皮棺材安葬了她。

没多久，堂屋前的空地上便堆起了一座柴山。这些树根让东洋兵傻了眼，枪刺刀劈，折腾了半天，无法让一块树根解体。也不知谁透露了风声，东洋兵竟知道这庄上有专干这一行当的，于是满庄寻开山支人。

消息一出，立时吓走了三个开山支人。包天没有走。别人劝他时，他说："干吗要走，这里是我的家。东洋兵不认得人，他咋知道我是干这一行的。"然而，也许因"包得开"的名气实在太大，没过三天，东洋兵就找上门来。包天黑着脸沉默半晌，最后还是扛着山支，拎起一瓶烧酒，跟着东洋兵进了木栅门。

包天在堂屋前摆开阵势。他把一块盆口粗的树根立在空地上，下面空虚处用木条垫实。只见他脱光上衣，在寒风里光着厚实的上身，拿起酒瓶，一气喝下半瓶。随着山支的上下飞舞，只半个时辰，树根就成了数十条白花花的木条，看得东洋兵瞪眼张嘴出不得声。

从此，包天每天去堂屋前劈树根，时间久了竟和东洋兵混熟了。庄里人却和他疏远了，看见他走过就关门，劈面碰着也不搭话。包天一回家就猛喝酒，醉了门也不关，和衣而睡。

这天下午，包天去堂屋时多带了几瓶酒。五个东洋兵兴奋得直喊"良民"。晚上，东洋兵特地做了几个好菜，还把包天留了下来。这一夜，堂屋里东洋兵的喧哗夹杂着包天的劝酒声一直持续到子夜时分。庄上辈分最大的么大爹躺在被窝里直叹气："可惜了包天这一身手艺，作孽，作孽!"

第二天下午，庄里人觉得有点不对劲，堂屋前不见东洋兵活动了，也不见包天劈树根，可谁也不敢上前看究竟。直到又过了一夜，才有几个胆大的推开了虚掩的木栅门。他们走到堂屋的门口，里面的情形让他们都后退了几步：五个东洋兵直挺挺地躺在被窝里，露在被窝外的脑袋上都有一个酒杯大的窟窿。看的人又惊又喜又纳闷，前晚闹后既没听见惨叫，也没看见亮灯，是何方圣人做下这等惊天事？人群中一男子眼尖，一下子看到墙旮旯那柄沾着血污的山支，只听得一声惊叫："好个包得开，这活，神了!"

包天自此失踪。几年后，有人曾在陶勇的新四军里见过他，据说，肩上扛的已不再是山支，而是一支锃亮的三八大盖。

原载 2023 年第四期《当代人》

馋老头，馋老太

春节放长假，终得闲回到许久未归的老家。无所事事的几天里，和几位儿时玩伴毫无主题天南海北地闲聊，是最放松和惬意的消磨时间方式。一日，堂兄提议："何不听魏拔讲笑话去？"这才猛然想起，在老家魏家宅，还真有位一肚子山海经的人物。

魏拔大我三岁，因宅上和他同龄的人少，小时候玩耍就加入我们这一拨年龄段了。长大后他干过不少行当，如修棕绷、打沙发、磨石子，还卖过两年豆腐，均没干出大名堂，倒是出口成趣的笑话功力在村里出了点小名。

早些年，魏拔凭讲笑话天分攒了些人缘。集体经济时，大伙都在田里挣工分，农活干累了，总有人招呼一声："魏拔，来个笑话。"魏拔也不客气，无须准备什么，像揣在兜里的几枚硬币，说拿出来就拿出来，两三个笑话一出口，田头顿时笑倒一片，刚才还累得腰酸背痛的男工女工们疲态全消。或者，碰到他家有需熬些时间才能干完的农活时，总有一些人不打招呼地主动前来帮忙。他知道，来人不白做，是来兼听"唱书"的，于是也不说客套话，理所应当似的给大家分个工，满场地的农活不用多少时间便在欢声笑语中被风卷残云般理了个干干净净。

如今，被堂兄这么一提议，众人便来了兴趣，齐刷刷地排着队往后宅的魏拔家走去。

魏拔正躺在家门口的躺椅里懒洋洋地晒太阳呢，见众人到来，忙搬出几条长凳，又给大伙递了一排烟。稍做寒暄，有人便说出想听魏拔讲笑话的来意。

魏拔也不推托，说讲几个笑话没问题，只是按规矩得先讲个"馋老头，馋老太"的故事，场地上顿时一片嘘声。我不明就里，疑惑地看着大家起哄。堂兄低声对我说："这是他的保留节目，几乎每次必讲，我们都听腻了。"

魏拔自己也点了根烟，卖个关子："不让讲，其他也就不讲了——唉，跟你们这些没文化的摆理，那是瞎子点灯——白费蜡。今儿魏平老弟难得回来，他是拿笔的文化人，我就说说我的理。我呢，五岁没了爹，以前忙忙碌碌的，倒也没感觉什么，现在自己渐渐老了，竟越来越频繁地念起几乎没有一点儿印象的父亲来。我爹生前没留下一张照片、一处笔迹，他以前穿过的衣服、用过的家什也早已清理掉了。对我而言，'父亲'二字就是个没有任何概念的称谓而已，想为他做点什么也无从寄托。后来从长辈处听得一个笑话，说是我父亲在世时常给别人讲的，就是这个'馋老头，馋老太'。我就把这个故事转讲给别人听。这一讲就有了感觉，总觉得在和父亲对话，心里似有一股温情流淌。你们常说我善讲笑话是走南闯北积累来的，你们不知道，其实是遗传了我爹的基因。"

　　大家经常听魏拔讲笑话，却从没听他讲过这层意思，于是都呆呆然不知说什么好。我站起来拍手说："你讲你讲，我要听。"众人也立刻呼应着鼓起掌来。

　　"那我开讲了——从前呀，有一对馋夫妻，只要左邻右舍做了什么好吃的，定要讨得一点儿来尝尝。日子久了，邻居也习惯了，蒸个年糕、下个馄饨、做个圆子什么的，都要给这对馋夫妻送点过去。有年正月十五，馋夫妻得悉隔壁家晚上做糯米圆子，便夜饭也不烧了，坐等邻居煮熟了送来。等呀等，圆子没来；等呀等，圆子还没来……夫妻俩都等困了，馋老太说：'老头子，我先睡会儿，等会圆子来了喊我。'说罢便斜躺在床上睡着了。馋老头此时也是睡意阵阵，但还硬撑着，头却不时往下垂，一不小心，桌上的烛火烧着了戴在头上的棉帽檐。馋老头被烫醒，慌忙摘下帽子，不停地用嘴向着火冒烟的地方吹气，想吹灭它。吹气声把馋老太吵醒了，听到老伴不停地吹气，以为圆子到了嫌烫在吹吹凉，顿时精神大振，一跃而起，问：'甜心？咸心？'馋老头怒骂道：'什么甜心咸心，死老太婆，是我的帽子烧着了！'"

　　故事讲完，现场一片寂静，没有笑声、喝彩声，倒是有几个人湿了眼眶。

　　后来魏拔还讲了什么笑话，我一点儿也没听进去，只是"馋老头，馋老太"的故事可能从此就忘不掉了。

　　节后上班，我把这个经历讲给同事听。同事一脸不屑：讲个笑话能把人讲哭了，真是个笑话。

原载 2023 年 3 月 26 日《南通日报》

银婚来临

　　元旦上班第一天，幸福小区居委会在社区微信群里贴出一则消息：本月八日，本小区二十六幢五〇三室的张老汉与孙阿姨将跨入银婚殿堂，当天，居委会将为两人举行银婚纪念活动，欢迎小区居民前来一同见证祝福。文字的后面还加了三个手捧鲜花的表情包。社区群里顿时热闹起来，有祝贺的，有感动流泪的，也有表示震惊的，林林总总跟了二十多条。有好事者还做了个银婚证书发到群里，证书上两人的照片被处理成互不理睬的样子。

　　张老汉孙阿姨银婚之喜动静那么大，事出有因。说实话，在幸福小区，其他夫妻金婚银婚，哪怕是钻石婚，居委会未必如此兴师动众，对小区居民来说也谈不上是个新闻。但对这对夫妻而言，就是了不起的成就了。

　　列位看官，说起这两位还是有些来头的。张老汉全名张青，孙阿姨实名孙安娘，均是本名，爹妈取的。当初两人到民政局登记结婚时，据说把工作人员惊到了，说二位姓名和《水浒传》里卖人肉包子的"菜园子"张青和"母夜叉"孙二娘夫妻出奇相似，可谓天作之合；也有人说，两人莫不是《水浒传》里的好汉转世投胎，但依梁山一众打打杀杀的秉性，在如今文明社会怕是难得善终。

后面发生的事让后言者一语成谶。两人结婚以来，龃龉不断，吵架那是家常便饭，人送外号"吵架夫妻"。奇特的是吵归吵，却从未到过闹上法庭一拍两散的地步。

"吵架夫妻"搬进幸福小区是十年前的事了。老居民都记得，他们搬来第一周便成了新闻人物，不为别的，就因他俩同样张扬的吵架风格。不同于其他夫妻，他们吵架不仅密度高，大吵三六九，小吵几乎天天有；而且吵的内容有点让人啼笑皆非，比如为烧菜用鸡精还是味精、为洗好的衣服是正面朝外晒还是反面朝外晒、为废纸篓里的垃圾袋选黑色的还是黄色的……别的家庭常见的财权掌控、婆媳矛盾、生活习惯不合等"原则性"问题一概没有，净是些鸡毛蒜皮中的鸡毛蒜皮。两人吵架还不分时候，经常夜深人静时突然爆出声响，加上均为大嗓门，方圆百米内左邻右舍简直在听广播"直播"，喜八卦者会竖着耳朵听得津津有味，要睡觉者却被吵得心烦意乱。搬来第一周，便有两个晚上被人打了110。

自打这对欢喜冤家住进幸福小区，居委会工作量陡增，两人吵架要调解，邻里投诉要处理，甚至还惊动了法院大调解中心，几次派人来小区协调指导。对幸福小区里大多数居民而言，这对"吵架夫妻"的出现，只是给平淡的生活加入了些调味品，每天饭后茶余少不了以他们的故事为谈资，聊到最后总还不免总结一句：这两人长不了，早晚得散。

为平息小区里最大的不安定因素，居委会动足了脑筋：定期上门走访、帮助解决生活中的难题、请来心理专家问诊把脉……效果却不尽理想。无奈，他们打出最后一张王牌：请小区里的一对模范夫妻结对帮扶。

模范夫妻男的姓瞿，女的姓施，都是人民教师，年纪要比"吵架夫妻"小上四五岁。两人平时出入总是成双结对、十指相扣，说话细声细气，听小区老居民说没见过他俩为了什么红过脸，更别说拌嘴了。他们家也多次被镇政府评为"文明家庭"。聊起家长里短，小区居民总要感慨一番：到底为人师表，素质就是不一样。虽没提"吵架夫妻"的名，但都明白弦外之音。

对居委会的请求，模范夫妻欣然接受。瞿老师说：小区和谐不能让一个家庭掉队！作为邻居，我们义不容辞，权当多带俩学生了。从此，模范夫妻有事无事上门串门，聊做人，聊家庭，言传身教。

看到自己的行为让居委会和邻居们这么操心，"吵架夫妻"有点过意不去，吵架之事渐渐收敛了些，频率低了，烈度降了，重要的是不再一吵架就把离婚挂在嘴边。尽管还时有吵架拌嘴发生，但斗而不破的局面算是维持了下来。小区居委会把调解成功的案例写成材料上报到镇妇联，最后还拿了个什么奖回来。

列位看官，像这样把吵架当吃饭的相克夫妻能维持到银婚，怎么着也算是一个十分难得的成功吧?!

于是，一月八号，幸福小区居委会把"吵架夫妻"请到小区活动室，向两人颁了张正儿八经的银婚证书，送上精心准备的礼物。新调来的居委会胡主任当场承诺：如两人实现金婚目标，居委会一定开个更隆重的庆祝会，并请市分管领导前来颁证。虽说这个承诺言之过早，还是引发了一同前来见证"吵架夫妻"实现"小目标"的三十多位居民代表的一阵欢呼。

"现在请张先生给我们讲讲这些年来夫妻相处的体会。"胡主任说完，笑着向张青伸手做了个请的动作。大伙立即拍掌欢迎。

张青接过话筒，吵架时能口吐莲花、妙句频出，此刻却有点尴尬了，说话也有些结结巴巴："我，我们给大家，添麻烦了。我们夫妻能一起走到今天，居委会领导操——操碎了心。还有，还有离不开瞿老师、施老师的帮助——怎么没看见瞿老师、施老师，我要当面谢谢他们……"

人们四下寻找，果然不见这对最应该在场的模范夫妻。这时，人群里有人低声说道："他们来不了了，昨天两人去法院办了离婚，施老师已搬出了小区。"

刚才还说笑声一片的活动室立时安静下来，人们面面相觑，有几个人嘴张了半天没合拢，那神情，既难以置信，又像受到了某种打击。

原载 2023 年 3 月 20 日《南通日报》

驼老三的围城

一

榆树村出了个稀奇事，十一组的驼老三围着两间五路头老屋，砌了个两米高没有门的院墙，生生把自己隔绝在了里面。去参观过的邻居说，不是亲眼所见，准叫人说是"瞎三话四"①，一个大活人，能把自己围死了?!

驼老三姓陈，是个鳏夫，今年六十有二。他在榆树村有点知名度，倒不是有多大能耐，干了什么大事，而是曲折的人生经历博了眼球。陈家兄弟四人，他排第三，年轻时干过泥匠，走村串户揽活，后因生病导致驼背，从此丢掉了泥饭碗，之后转辗上海滩，修过自行车，擦过皮鞋，卖过酒酿，直到前年拉了一车"零碎"彻底打道回府后，再也没出过远门。

也就从他回到乡下老家起，邻居们就觉察到驼老三的怪异之

①瞎三话四：吴地方言，指胡说八道。

处：出门总要戴着头盔，拿张纺纱凳，和人交谈有时逻辑尚可，有时不着边际。起初，兄弟几人和近边的邻居并没感到有什么特别的，只是觉得他长时间在外导致性格变异，直到他拿起老本行建起个围城，把自己围了个结结实实。

"要死了，驼老三这是要与世隔绝啊！"

"连个门也不做，看他怎么进出。"

"他家里有多少米多少菜啊，没吃的了要饿死人哩。"

……

看着眼前粗糙却坚实的围墙，围观的邻居说什么的都有，可分析来分析去也弄不懂驼老三这葫芦里卖的是什么药。

兄弟三人轮番爬到墙头朝里探望，均被他拿竹竿赶了下去，还口口声声说有人要害他。没法，三人凑了点钱，买来一袋米、三条咸鱼、两斤鲜肉，从墙头扔了进去，却被他立即扔了出来。

二

三兄弟找到村委会，想请村干部出个办法。村主任老万听了不信："还有这事？我倒要去看看！"

老万来到"城"外，找来梯子爬上墙头朝里喊："驼老三，我是村里干部，快让我进去，有什么事好商量。"

驼老三闻声冲出屋子，拿竹竿朝墙上冒出的脑袋直捅过去，吓得老万赶紧爬下梯来。

"给你东西为何不要，你要绝食啊！"进不了院子，老万只得隔墙做工作。

"你们要害我。别以为我不知道，这些东西都有毒。"驼老三带着哭腔喊。

"都是你自家人给的，咋会害你？"

"我试过，都有毒，你们就是想毒死我！"

"那行，等会儿我们买点来送你，政府给的，你总相信吧。"

"别装好人，你们连裆码子①，我谁也不信！"

老万气得直摇头："见识了，见识了，做了这么多年村主任，没见过这样的奇葩事，这人绝对脑子有问题。"

一句话点醒围观者，有人建议请市里精神病医院派人来，设法将驼老三弄过去查一查，他们专业，肯定有办法。

第二天，在榆树村村委会出面申请后，市精神病医院的三位工作人员开了辆专用面包车来到现场。围观的邻居眼瞅着三位虎背熊腰的小伙子，带着专业器具敏捷地翻墙进了院内，都松了口气。

然而事情没有朝大家想象中发展，只见驼老三疯了似的冲出屋来，把手里拿着的木棍舞得呼呼作响。三位年轻人与之周旋半个多小时，近不了他的身，更别说找到下手机会了。看着气壮如牛的驼老三折腾半天依然没有疲惫的样子，早已气喘吁吁的三人只得败退出围墙，悻悻然作罢。

_____

①连裆码子：上海方言，指同伙。

三

这事传到榆树村扶贫干部、插村第一书记纪海的耳朵里，他对村主任老万说："我来试试。"

这纪海年纪不大，却是个有十年工作经验的老政工了，遇事喜动脑子，还自学了心理学，拿到过心理咨询师证书。插到榆树村任职两年，积累了不少和基层群众贴身打交道的实践经验。

"眼下扶贫帮困已取得阶段性成果，但还得防止因病致贫，因病返贫。驼老三的事不单是致贫返贫的问题，弄不好是个要命的问题，不能眼睁睁地看着他出事！"在村支委会上，纪海拍胸揽下这活。

纪海来到十一组，先不忙查看现场，而是与陈家三兄弟和几位近邻做了交流，从中了解到一个新情况：驼老三还有个妹妹，嫁到了八里外的桑树村，驼老三对别人冷若冰霜，独独相信这位小妹妹。这几天妹妹两次送东西来，驼老三都收了。

纪海听罢沉思良久，一拍脑袋："有招儿了！"

纪海立即开车来到陈家妹妹家，说明来意，请求与她一起给驼老三送东西。他说："一切还是你来做，我只露个脸。"陈家妹妹见是为他哥哥好，自然爽快答应。

当天下午，纪海陪着陈家妹妹出现在驼老三的围墙外，两人站在长凳上，正好在围墙上露出脑袋。纪海叫围观者都离开，说这种场合人越多，驼老三越是人来疯，所以先要清场。

"老三哥出来，妹妹看你来了。"果然，喊声刚落，驼老三的身影便出现在老屋的门口。看见妹妹边上还多出个陌生的脑袋，他迟疑了一下，张了张嘴没出声。

"自己人，怕个啥。天热了，给你买了台扇，过来拿。"

驼老三面无表情地走到墙边，伸手接过妹妹隔墙递过来的台扇，返身回了屋。"吱嘎"一声，门关了。

陈家妹妹不好意思地对纪海说："纪书记，他还不接受你这个陌生人，抱歉了。"

纪海连连摇头："不，不，比我预想的要好得多。"

接下来的一周，陈家妹妹三次去看驼老三，纪海都陪着，每次都是脸带笑意地看着两兄妹交流互动，从不插一句话。

三兄弟一看纪海这边也就这么点动静，没什么进展，有点沉不住气了：啥招儿呀，也是个说大话的货。

四

这天，纪海独自一人站到了围墙边，他拿着自己买的两袋水果朝里喊："驼老三，你妹妹叫我来看你，给你拿点东西。"

见没动静，他又喊了一声，门这才"吱嘎"一声打开了。驼老三站在门口疑惑地看着，问："我妹呢?"

"她有事不能来，托我把这东西带给你。"

驼老三定定地望着纪海，足有一分多钟，才慢吞吞地走到墙根下，伸手接住两只放水果的袋子。

此后几天，纪海每天都找点理由到墙头上与驼老三搭讪，虽说只是说说话，送点东西，但从驼老三见他时的脸色看，似乎在慢慢接受这个人。

这天晚饭前，纪海带了一瓶酒和从农贸市场买的熟食又出现在驼老三的墙头上。还没等纪海开口，就见驼老三从屋里走了出来。

"驼老三，这些是我给你买的，包你喜欢。"

"……"

"怎么，怀疑菜里有毒？酒里有毒？让我进来陪你一起吃，我舍命陪君子。"

"……"

见驼老三没有抗拒的意思，纪海果断翻墙进了院子。

"拿张桌子出来，我们外面吃，外面凉快。"纪海边说边走进屋里，把桌子扛了出来，用抹布擦干净，摆上买来的熟食，再回屋拿出两条长凳……这一套动作是在不到一分钟的时间里完成的，看着纪海自己家里一般摆弄着晚餐，驼老三呆立一旁，半晌没吱声。过了五六分钟，似受不了桌上飘出的诱惑，他终于坐到长凳上，拿起了筷子……

纪海的那顿操作把几位站在附近楼房阳台上观望的看客惊着了，他们不明白，这位外来的"和尚"咋会变戏法似的轻描淡写间煞了驼老三那股邪性。

接下来的事就顺畅多了，也不知纪海翻了几次墙头，反正只要他一出现，无论驼老三在发什么神经，马上就会变得通情达理许多，像程序紊乱的机器人被切换到了正常模式。

在纪海第一次出现在驼老三墙头之后的第二十八天，市精神病医院的那辆面包车又开进了村里。这次没费什么周章，在纪海陪同下，驼老三一脸祥和地上了那辆车。一个月前被吓坏的三位工作人员看到驼老三顺从的样子，都有点不相信自己的眼睛：这是需要到精神病医院治疗的病人吗？

驼老三在市精神病医院治疗了整整五个月，其间看望过他两次的纪海给宅上人递过话来：医生诊断，驼老三是在上海陷进了骗局，被骗了钱，受刺激诱发了精神分裂症。

五

年底，驼老三被那辆面包车送回了村。医生拿给三兄弟几盒药，嘱咐定时让他服用。回家时，驼老三红光满面，谈吐正常得体。驼老三还问起：纪海兄弟怎么没来？旁人告诉他，纪海已调离村里，去别处工作了。

回家后，驼老三干的第一件事是在院墙上安装了一扇门，一扇可以正常开关的门。

原载 2023 年第一期《精短小说》

一篇难以发出的新闻

　　下午刚到办公室，就接到老干部局打来的电话，说许贵洲病危。我很诧异，三天前，这位九十高龄的老英雄还参加了区里举行的"光荣在党五十年"纪念章颁发仪式，我见他身子硬朗，上台领取纪念章都不用人搀扶。旁人打趣道：英雄就是英雄，九十了还是铮铮铁骨……怎么没几天就突然病危了呢?!

　　作为报社记者，我对许贵洲再熟悉不过：他十八岁时随南下大军做支前民工，从海门一直打到广西，直到在一次战斗中腿部负伤。养好伤后，评到伤残的许贵洲谢绝了一些轻松的工作安排，回到老家守着两亩地生活，甚至在享受到离休干部待遇、拿着不菲的津贴后，仍然做着地道的农民，而且把大部分政府给的待遇都用来做公益、接济贫困家庭。去年新冠肺炎疫情暴发，他叫孙子网购来三万元防疫物资，率领一家五口把物资送到人民医院。淡泊名利、高风亮节的许老英雄自然成了我笔下新闻里的"常客"。

　　这位向来精神矍铄的老英雄怎么就突然病危了呢?

　　赶到人民医院许贵洲的病房时，许老的病情似乎稳定了些。

他斜躺在病床上，旁边连接着几台显示生命体征的仪器。见我到来，许老勉强挤出个笑脸，随即又是眉头紧锁。

"倪记者，求你个事。"他的眼睛像失去了水分的枯草，只剩下草芯里的一点儿绿色。

"您说，许老。"我使劲地握着他同样干枯的手，像要给他一些力量。

"听说我们这些离休的死后都有一笔抚恤金，麻烦你帮我问一下，能否先预支给我？"

我说："您别瞎想，还等您出院后来给我们上党课呢。"

"这次过不去了，我知道的。我从不向组织提要求，就这次！"

"你要用钱我可以向组织反映，但你现在的任务是配合治疗。"

走出病房，我询问了经治医生。医生说，老人看似硬朗，实则身体各项机能均已严重老化，稍有风吹草动就可能墙倒屋塌。他估计，老人余下的时间只有十天左右。

事不宜迟，我立即找到有关部门，把老人的心愿反映了上去。第二天得到了回复：提前支取抚恤金有违规定，不过可以以另外形式补助老人一笔钱。

我不知道许老英雄要这钱干什么，但从得悉此消息后他欣慰的表情看，的确了却了他的一桩心事。

……

八天后，许贵洲病故。出于尊敬，我们在报上刊了一则讣告。

原以为这是我为许老写的最后一则"新闻"，谁想一个从外地打来的电话让渐归平静的英雄故事再掀波澜。

打来电话的是位在外求学的海门籍贫困大学生。他在电话里说，前天还收到许大爷转来的下学期学费和生活费，许大爷怎会突然去世？是不是我们搞错了？电话那头满是震惊和疑惑的语气。

对新闻的敏感让我一下子从座位上弹了起来。我立即驱车赶到老英雄儿子那里。从许贵洲儿子的讲述里，一条差点错失的好新闻终于明晰起来：三年前，老人资助了三位海门籍贫困大学生，许诺负责他们学费和生活费直到完成学业。而老人身体的变故让他的承诺变得岌岌可危，无奈之下向组织提出了预支抚恤金的要求。得到这笔有意隐瞒用途的钱后，老人马上让儿子以他的名义转给了三位大学生。这是他们大学生涯的最后一个学期了。

我几乎在许老儿子刚讲述完时就打好了腹稿，甚至连题目都取好了——"老英雄一诺千金，寄出资助学生学费后含笑而去"。

我自信这是篇颇有分量的正能量稿子，尤其是在即将迎来建党一百周年的特殊日子里。

"千万别写新闻！"许老儿子见我激情澎湃连忙制止："别让别人知道这事，这是我爸最后的遗愿。他早就对我说，自从得了英雄的虚名，每次做点好事就要上报纸、见新闻，总觉得对不住当年牺牲的战友。资助贫困学生这事就我们爷俩知道，无论如何他要做一次无名英雄。"

我沉默良久，脑海里许贵洲老英雄的形象越发高大起来。

可这新闻怎么办呢？

原载 2022 年 9 月 21 日《南通日报》

老人与河

　　常坤又在注视这条河了，站在幸福小区五楼他家的阳台上，正好可以越过河边的那片竹园的顶，看到 S 形的河道和波光粼粼的水面。

　　在阳台摆张藤椅坐着欣赏这片水域，这是今年已七十三岁的常坤每天要做的规定"动作"，有时一二十分钟，有时一坐半天。每每此时，他的眼神柔情似水，似乎面前的不是一条河，而是自己精心创作的一幅作品。

　　这条让常坤看不够的河叫齐心河，四十来米宽，是滨江市引水、排涝的主要通道。它从江边起步，以景观河的身份横穿市区，在常坤家门口拐一个大弯后一路向北，在长江、黄海共同作用下形成的冲积平原上爬行二十八公里，最后与上游相邻县市的河道相接。几十年来，这条河小汛引江水，雨季排涝渍，滋养着两岸百万苍生和万顷良田。

　　齐心河诞生于二十世纪七十年代，当时只有二十开外的常坤是挑河做岸的三万民工之一。那时可没什么施工机械，全凭一副担子一把铁锹，靠人海战术一点一点在平原上挖出一条河来。在常坤看来，齐心河是有生命有灵性的，它可以平如丝绸，也可以咆哮翻滚；可以一落千丈，也可以丰盈欲溢。而它一丝一毫的变化都会在常坤心里掀起波澜。因此，十多年前，当河水渐渐不再清澈，河面上越来越多的垃圾随波逐流，甚至变质的河水和垃圾发出的恶臭像冬天河面上蒸腾的雾气四处飘散时，常坤的脾气也变得越发暴躁和刻薄。终于，在又一次河道污染大暴发后，他申请了提前退休，带了钉耙、尼龙网兜，拉了一辆独轮推车，在河边一间废弃的小屋里驻扎下来。

居住在周边的居民惊奇地发现，不知从哪天起，沿大拐弯的东侧岸边，每天都有一个戴着草帽、穿一身褪色军装的老汉，用网兜和钉耙费力地把漂到河边的垃圾捞起，装到小推车上，再运到五百米开外的垃圾清运站。

这个老汉就是常坤，那年他五十八岁。

常坤的举动是许多人难以理解的。有人问他："千做万做，无钱的不做，这一天天的河边义务捞垃圾，图啥？上游漂下来的垃圾似乎无穷无尽，凭一己之力根本不可能改变状况，明知不可为而为之，因啥？"常坤从不回应，可能他自己也找不到答案。

妻子几次跑到河边朝他吼："发哪门子神经，人家都能习以为常，就你看不得、闻不得，工作都不做了，跑到这里捞垃圾。"他不吱声，手里该做什么做什么。

儿子劝他："爸，你这样没用的，这里捞上来，上游还得漂过来，就是一天二十四小时不眠不休也捞不完。"他瞪了儿子一

眼，挥手让他离开。

　　垃圾清运站的冯站长对他说："老常，我给你派个援兵，运垃圾让他干，你只负责捞上来就行。"常坤回一声"不用"，头也不抬。冯站长挠挠头，嘴里嘟囔句："怪人一个！"

　　时间久了，边上的居民已习惯于河边有个劳碌的身影存在，就像习惯了水里的漂浮物，习惯了时不时地闻到一股来自河面的恶臭味。

　　日子就像身边不息的河水静静流淌了一年多，齐心河一如既往地潮涨潮落，或丰或枯；水里漂来的垃圾仍在和常坤拔河般僵持着，除了每天有四五车垃圾从这里运走，看不出有任何变化。常坤堂吉诃德般的执着，成了一些人眼里的愚昧无知，背地里，有人开始用"常傻子""垃圾人"来称呼他。

　　事件的转折是他与《滨江日报》记者周兵的一次偶遇。凭着职业敏感，周记者意识到这是个有价值的好新闻，于是，他带着相机来到大拐弯，和常坤待了两天。一周后，《滨江日报》上刊出了他写的长篇通讯《一个人的战斗——职业"清河"人常坤的"傻事"》，配图上，河中触目惊心的垃圾和常坤挥汗打捞的场景形成鲜明对比。

　　新闻引发了强烈的社会反响，原本少有人来的大拐弯开始热闹起来，先是一企业老总送来了几箱矿泉水和方便面；接着，垃圾清运站安排垃圾车每天来两次，运走从水里捞起的杂物；没多久，有四五个市民带了工具自发前来助阵。

　　这天，市环保局的一位副局长找上门来，他对常坤说："老常，你的义举有很好的示范效应，能提高大众的环保意识，促使更多人参与到环境保护中来。我们研究了一下，决定成立一个环保志愿者行动队，由你来挑这个头。"常坤欣然答应。

经过一个月的筹备，由十六位市民组成的环保志愿者行动队正式成立，他们统一着红马甲，戴志愿帽，配备了更专业的打捞装备，市里甚至还调拨了一艘水泥船供他们下河打捞。正式成立那天，除民政、环保等部门的领导外，市里一位分管副市长也前来做了热情洋溢的鼓动。

第二天，《滨江日报》上又刊出了周记者写的一则消息，题目为《你不是一个人在战斗，我市环保志愿者行动队昨日成立》。一时间，环保志愿者常坤和"清河行动"成为滨江市民的热点话题。

恰逢市人大政协两会召开，有人大代表提出议案，"从源头上还齐心河碧水河清"，具体提了三点建议：投入资金在齐心河两岸铺设排污专用管道，把污水集中处理后再排放；搬迁河道两岸的重污染企业；在岸上设立若干严禁乱倒垃圾警示牌，并派专人巡查。这位人大代表会前还专门拜访了常坤，听取意见。议案没有悬念地得到了重视，并获评当届优秀议案。

轰轰烈烈的河道整治战役就此拉开。四年后，沿河十多家重污染企业搬走了，排污管道建起来了，河道保洁人员每天巡查，市水利局还请来施工队对河道进行了逐段清淤捞浅。其间，工程开工、活动仪式等都有请常坤参加，他都借故推托。来人对他说："不用讲话，不须做什么，你出席一下就行。"他说："不是

驳你面，那河伴我大半辈子了，看着糟蹋成这样，我心里就不舒服。现在政府出大力整治，河水一天天清亮起来，我做梦都能笑醒！还是那句话，要组织点人力清理清理垃圾，做点公益，我行，其他真就没我什么事了。"

齐心河逐渐正本清源，这让常坤清闲了许多，现在，人们很少再见到他到河边打捞漂浮物了，而摆张椅子坐在自家阳台上，静静地注视着流经 S 弯的河水和河边三三两两的钓鱼人，成了他与齐心河最平常的交集。河边原先放工具的小屋早已拆除，取而代之的是一块"齐心河文明公约"宣传牌。

几天前，常坤与河的故事又有新发展，《滨江日报》上登出一则消息：滨江市环保志愿者长江"清滩行动"昨起正式展开，共有一百六十多人参加，领头的是今年已七十三岁的"滨江好人"常坤……

原载 2022 年 8 月 22 日《南通日报》

套餐时代

一

星期天，老宋要去完成个任务，把新房里的卫浴洁具和网络宽带落实了。他那一百三十多平方米的电梯房装修已接近尾声。

老宋是市融媒体中心平面广告部的资深员工，在当地媒体广告界深耕二十多年，积累了些经济实力。这不，刚购了套商品房改善改善生活。

老宋来到家具城的卫浴洁具专卖店，穿花格子上衣的女销售员热情招呼："老板要买啥？我们这里都是品牌产品，从小件到全套的都有。"

店里各类卫浴洁具琳琅满目，熟悉的、新潮的、见都没见过的，摆了好几排，老宋看得眼花缭乱："我要马桶、洗脸盆，还有……"

"明白了，您是卫生间装修，要整套的。这样，我们这里有单卫和双卫套餐，保证您轻松搞定，还少花钱。"那花格子一看

就是个精明的销售老手，做生意滴活灵龙①。

"哦，我单卫的，怎么个套餐法？介绍介绍。"

"单卫五件套，坐便器、立盆、水龙头、花洒、浴霸，这些都是最新流行款式的，一共两千四百元，您看仔细了，如逐样买得多花三百六十元，套餐还免费上门安装。"

对卫浴洁具，老宋不在行，虽说人家是要做他生意，话里难免夹点花头，但毕竟是专业意见，总比自己瞎琢磨强。老宋想着，便对花格子说："套餐也行，价格再便宜些。"

"这是最低价了，我一打工的，再便宜做不了主。这样，可再送你几个小件。"

"行吧，先定下来，给你订金，安装好了付余款。"

他不喜欢买东西货比三家花上大半天，在价格上省几十、一二百块钱，有这工夫不如去拉个广告挣钱回来更有价值。

二

在电信营业厅，老宋说明来意。戴着032胸牌的营业员二话不说，递给他一张折页，上面写着"宽带套餐"字样。老宋瞄了眼，上面列了好几类消费模式，每类都有详细说明。老宋道："我看了也不懂，你帮我挑个合适的，拣主要的说说。"

032熟练地拿起笔，边在折页第二页的中间部位用笔画了几

---

①滴活灵龙：海门沙地方言，意为见风使舵，很灵活。

条线，边介绍起来："这是 5G 融合套餐，每月九十九元，送 100M 宽带、全国流量 20G、三百分钟通话，另免费送光猫、4K 高清机顶盒，免费上门安装。您电话多不多？电话多的客户一般都选这个，网络、电话、手机流量基本够了，不用另花钱，性价比很高。"

老宋心里盘算了一下，每月三百分钟电话恐怕也够了，就手机话费以前每月消费都得在一百二十元以上，还有其他几样免费，都省了钱，总体看这个套餐还是划算的。他对 032 说："你是行家，听你的，我就用这个套餐好了！身份证给你，什么时候来装？"

老宋拿出手机，点开了微信里的付款码。

三

两件大事办好，老宋决定要去洗个澡。浴池就在自己家小区边上，从"大众浴室"的牌子上就可看出，这是个较传统、中低档的洗浴场所。对这类消费老宋要求不高，到大汤大水里泡一泡就算放松了。

"朋友，擦个背吧。"进入冒着雾气的大池泡上没多久，老宋就听见"岸"上有人似在招呼他，循声望去，是一个光着上身、穿着短裤头的擦背师傅在揽客。可能因为今天办事较顺利，以前从不理会的消费项目他今天竟应允了。"多少钱？""三十元，包您舒服。"短裤头用盆从池里取了点水，把擦背用床冲洗一遍，

再铺上一层干净的薄膜，示意老宋躺上去。

正面，反面，角角落落被粗糙的擦布用力擦拭一遍，这带点痛的舒服老宋还是第一次体验。将近结尾时，短裤头俯身问："老板，用浴盐按摩一下，可杀菌的。""多少钱？""您爽快，我也爽快，这样好了，给您套餐优惠，擦浴盐加敲背按摩，一共就八十元，免浴资。"

正背朝天趴着的老宋差点笑出声来，擦个背还有套餐，真是哪里都有生意经。不过这价还真不贵，加上浴资二十，已消费五十元了，再加三十元，我也享受个贵宾待遇。老宋心里想着，嘴上已出声："师傅，整！"

四

这天晚上，老宋要请新概念集团的史总吃个饭，他们公司开发的枇杷叶系列保健酒正要打开市场，想请老宋帮忙在媒体上做个广告。

在雨林咖啡，老宋点了四个菜、两道点心，史总自带了两瓶枇杷叶保健酒，两人边吃边商量。老宋道："史总，我想了下，你们这款保健酒为大众化、工薪阶层消费定位，想要在已很饱满的市场上打响品牌，得全方位、大力度轰炸一下。我们现在是全媒体运作，报纸、微信公众号、电视、交通频道都已整合在一起，我挑了几个性价比高的栏目——这是我为您量身定做的宣传套餐……"

老宋突然停顿了一下，"宣传套餐"这四个字平时说得很顺，这会儿竟有点滑稽的感觉。他不自然地撇了撇嘴，哑然失笑。

史总哪懂他的心思，不解地问："咋啦？"

老宋摆摆手："没事。刚才说到哪儿了……"

原载 2022 年 4 月 14 日《南通日报》

电信诈骗非典型未遂案例

骗子拿起电话。

——喂，是老史吗？

——哪位？

——是我呀，听不出来吗？

——听不出。你打错了吧。

——你是史劲，没错吧？

——对啊。我还是听不出你是谁。

——别人说你有过耳不忘的本事，都是瞎扯。给你两次机会。

——呀——我再想想，是孙国荣。

——不对。

——是大贾，贾明新。错不了，应该是大贾了。

——现在我有点相信了！我是贾明新。

——你不是去罗马尼亚做生意了吗，什么时候回来的？

——刚回来，就想几个哥们了。这几天有点忙，改天聚一下，我做东。

——好呀，方便的话我有两个朋友到时一块喊来，说不定什么时候用得着的。等你电话！

第二天下午，骗子又拿起电话。

——喂，老史吗，你终于接电话了！

——哪位？哦，是大贾，不好意思，刚才上个厕所。这么快就要请客了，定哪儿了？

——唉，别说请客的事了，现在先帮兄弟一个忙。

——打架了？酒驾了？怎么情绪还有点低落呢。

——我在派出所里，刚才在"百乐门"玩……唉，你知道我就这点爱好，谁想正好碰上公安局扫黄突击检查，你说倒霉不倒霉！这不被扣这里了吗，需交五千元罚金他们才放人。身上钱都给小姐了，给你个这里的账号，帮我先打一下，出来就还你。喂，千万要保密。

——我当什么大事，你放心，保证让他们一小时内放人。

——太感谢啦！账号你记一下……

——什么账号？用不着，你不知道我的路子广，昨天说要带的两个朋友就是公安局里做事的，他们肯定能搞定。告诉我，在哪个派出所？

——呀，不能吧，他们说钱不到位得关五天。

——那是给没路子的人定的，你不是有我嘛！说吧，是什么派出所？

——……

——喂，大贾，听得见吗？怎么没声音了？

……

骗子放下电话，愤愤不平：撞见鬼了，怎么碰上这种人！歪风邪气真是害死人！

原载 2022 年 3 月 22 日 "百草园" 文学公众号

寻狗启事

某局孙局长的爱犬"奶茶"到了发情期，一次，它趁主人疏于防范之际悄悄溜出家门，寻找"爱情"去了。孙局长没放在心上，心想，奶茶在外面玩尽兴了，也许就会自己回家。然而一天一夜过去，奶茶依旧影踪全无。着急了的孙局长带着家人在外面寻找，整个小区寻遍，连个影子也没找到。

此狗品种为泰迪，孙局长养了两年，和它感情颇深。他怕奶茶出意外，便在微信群里发了则"寻狗启事"：

爱犬"奶茶"走失已近三十小时，纯种泰迪，毛色淡黄，两岁有余。望看到或知情者速告之，如能送回家里更不胜感激，相关费用本人承担。

启事很快起了作用。双休日在家的孙局长刚吃完中饭，同一单位的下属东副科长便抱着一只泰迪出现在他的家门口，说是在附近一个小区里看到的，和孙局长的描述很像，肯定就是他家的奶茶。

孙局长反复看了看，遗憾地摇摇头："不是的，我家奶茶尾巴上有点杂色，这只没有。"

东副科长怏怏而归。

不一会儿，同一小区的一位女邻居用绳子牵了只泰迪敲响了孙局长家的门。

"孙局长，我给您送泰迪来了，就在小区的花园里，我一眼认出来就是您家的奶茶。这小区里共有三只泰迪，数您家的最漂亮。"

孙局长还是摇摇头："我家奶茶毛色偏淡，这只毛色太深了。"

晚饭前，共有六位和孙局长相识的以及他不认识的"熟人"上门送泰迪，都一口咬定就是孙局长家走失的奶茶。孙局长一一鉴定，全部否定。

第二天，寻狗启事产生了更大的喜剧效果，光一个上午就来了八拨送狗人，送来的除了各种毛色的泰迪，还有比熊犬、贵宾犬、小型狮子犬等和泰迪体型相近的狗。更有人牵来了条体型庞大的萨摩耶，硬说是孙局长家的奶茶，弄得孙局长哭笑不得。每每孙局长说出否定的判断，送狗人都会显出无比失望的神情，有几位不甘心寻犬无功，硬要把手里的小狗往孙局长家门里塞，说："不管是不是奶茶，这狗绝对好品种，您且养着再说。"孙局长对此一律婉言谢绝。

当天下午，孙局长在微信群里又发了一则启事：本人爱犬奶茶已回家，谢谢各位朋友的好心。

至此，孙局长寻狗引发的闹剧终于落幕。有位局长的知心朋友打去电话："孙局，恭喜爱犬回家。"孙局长无奈回话："恭喜个啥！奶茶至今未归，怕是'私奔'了。只是再寻下去，真的要出事了！"

　　朋友愕然。

　　　　原载 2021 年 12 月 31 日"百草园"文学公众号

断桥

雨轰轰烈烈地下了一夜。早上松上班时，发现出村那条小石桥的石板不知什么原因掉到了河里，替代石板的是一块尺把宽的木板。

绕过石桥得多走十多里路，松决定把自行车扛过去。

他扛着自行车小心翼翼地走上木板，人走在上面，一上一下地起伏。但这难不倒松。过了河，松把车放下，空转了几下脚踏曲轴上的齿轮，把链条调顺了准备上路。

这时，背后传来一声柔柔的唤——喊松的。

他转过身，看到同村的竹扶着自行车停在河对面。她穿一双鲜红的中筒雨靴，裤管卷过了雪白浑圆的膝盖，一脸窘相。

松心怦怦地跳，脸上一阵发烫，手背一抹，竟是汗腻腻的。

竹是村里数得上的美人。穿着老气、相貌平平的松尽管几回梦里拉过她的手，但回到现实，却不敢存任何非分之想，平时甚至连搭话的勇气都没有。

松定了定神，把自行车支好，回到河对面。他像刚才一样，把竹的花色车扛在肩上，踏着起伏的木板过了河。竹没有跟过来。松明白了，重新回去，把两根手指伸给竹。竹马上握住松的手。松便感觉触到了一根带电的导线。

过了河，竹说："一块走吧。"

竹在前，松在后。竹时而说些淡而无味的话。松像老师面前做了错事的孩子畏畏缩缩，不过，他觉得很兴奋。

分手时，竹说："放工后一块回。"

两人在同一个镇上班，但不在一个厂。

下班后，竹果然在厂门口等松。回家的路上还是竹在前，松在后。竹说些厂里的琐事，松有一句没一句地应着。到了断桥，还是松先把自己的车扛过去，再回来扛竹的车，再伸出两根手指把竹领过桥。

这天夜里，松又梦见竹。她拉着松的手说："你要是喜欢我，跟我说一声，我就跟你好。"松醒来不觉暗笑："竹跟我好？哪有这等好事！反梦，反梦。"

第二天早上，松准时来到桥边。过桥后，他蹲下身，拨弄着好端端的链条，耳朵却是竖着。不一会儿，一阵清脆的铃声响过，只见竹像一只轻捷的燕落在河对面。

"我以为今天好走了呢。"竹说。

"等水退了才能把石板打捞上来。"松告诉她。

松重复了昨天的一套动作，不过，今天是松把竹的手攥紧了。

以后几天，松每天都在重复着以前只有在梦里才能做的动作。握着竹温暖、光滑的小手，松认为这是最幸福的时刻。松的过桥技术也日趋熟练，他能扛起自行车小跑着过狭窄、起伏的桥。

梦里，松和竹的关系也在神速地发展着。有时，松醒来会乘着梦里的兴致，把头埋在被子里，放肆地想象着用手触摸竹浑圆的膝盖和粉嫩的脸颊的感觉。

这天下班回家，松决定要换换这身行头了，因为路上竹跟松说："你要是换身新式一点儿的衣服，会显得更精神。"

星期天，松上镇里花一百二十元钱买了件条纹的 T 恤。在家试穿时，母亲很奇怪：以前催他买件好的，他总说衣服穿在身上又不能当饭吃，白白糟蹋钱，今儿怎么突然要好起来！

星期一上班时，松早早过了桥，边一只脚点地坐在自行车的后架上等，边想象着竹看到他穿了件 T 恤会有怎样的表情。然而等了足有十分钟，竹没来。他这才发觉刚才没有扛着车过来。打捞上来的石板替代了以前的木板。

竹今天可能有事不上班了。松想。

下班时，松问了竹所在工厂的门卫。门卫说，竹今天上班了，现在已经回去了。

回来走上石桥时，松走得十分缓慢，似乎比扛着自行车过木板时还要小心翼翼。

晚上，松把脱下的 T 恤交给母亲，吩咐道："洗好了，放在箱子里。"母亲惊奇地望着他："刚买的，怎么不穿了？"松回答说："这么好的衣服，干活时穿着可惜，什么时候走亲戚再穿。"

这一夜，松没有梦。

原载 2021 年 12 月 28 日《海门日报》

拾骨

一

去年初春，太爷的祖坟地被镇上新开发的项目征用，这座村民组级公墓连太爷在内共四十六座坟茔被告之需尽快搬迁。于是，三月下旬的一个多星期里，这处一向与世无争、少人打扰的肃静之地，终日被喧闹笼罩着，每日里人声嘈杂，一批批骨灰盒、墓碑，连同墓地上的松柏等，被大大小小的车辆拉走，迁往二里开外、新建的村级集体公墓。

墓地搬迁，最难办的要数骨殖甏①里的尸骨。新公墓不允许存放这些早期的土葬产物，于是，村委会请来专业人员现场开炉焚化，将尸骨烧成粉状，再放进骨灰盒里。先祖遗存终被统一盒装，从此再从尸骨入殓之说。

当太爷的尸骨从骨殖甏里被小心翼翼地取出，按人形摆放到

①骨殖甏（bèng）：崇明、海门、启东一带丧葬风俗的重要器物，用来盛放尸骨的陶甏。

地上的那一刻，围观者无不啧啧称奇。但见这具遗骸从头到脚完好无损，就连手指脚趾都未曾缺失一块，头骨上的牙齿更是整齐排列，毫无损失。历经"文革"破四旧、除迷信，数次平坟，骨殖髅被挖出砸破，遗骸仍能保存完整，堪称奇迹。

由此，一段关于太爷太奶尘封八十余年的往事也再次被人忆起、讲述。

二

据传，太爷生时家境殷实，是宅上同辈中唯一上了私塾的后生，之后到县城一处商铺做账房先生，年纪轻轻便得人尊敬。二十四岁时，太爷娶了邻村乡绅之女樊氏为妻，据说当时婚礼颇有排场，轰动一时。

小两口本是日子葱郁，情窦初开。谁料天不佑人，太爷婚后不到一年忽得重症，没撑几日竟撒手人寰。樊氏即太奶新婚宴尔遭此重击，自是哭得昏天黑地，几度昏厥，醒后执意花重金请人打了具厚实的红漆樟木棺材，太爷身上衣帽鞋袜等皆为上等好货。出殡那日，临盖棺时，太奶不顾娘家人劝阻，将手指间的一枚祖传金戒指取下，抛进棺内。

棺木入土，垒好坟茔，安好墓碑，太爷太奶自此阴阳两隔，折断了一段尘缘。

三

日子如宅沟边上的水车，在木制齿轮旋转咬合的吱呀声中循环往复。一晃三年过去，按习俗，此时得将棺材从土中取出，将尸骨殓入陶瓷甏内，用石灰浆封口，重新入土垒坟，死者从此可安眠地下。这过程称之为"拾骨"，也叫二次葬。至于取出的棺材，将被拆开晾干，空置数月，再打些家庭用具，供后人享福。

按祖上规矩，拾骨需清明前半月内完成，赶上清明节后人在新坟上烧纸点香。

相传太爷拾骨那日是阴历二月十二，本已暖和的天气突又转凉，晨后又淅淅沥沥下起了小雨。想起三年前太爷出殡时太奶的疯劲，怕她触景生情接受不住再出意外，七八位前来帮忙的宅上人都劝她留在家中，待基本做完再叫她过来磕头即可。太奶不肯，撑了把油伞，随拾骨队伍来到了宅后一里地外、建在自家田里的坟头。

点炮、上香、摆上祭品，再由阴阳先生诵念经文，一番仪式后，坟包推平，封土层挖开，露出棺材盖板。众人看去，虽经三年风雨，棺木朱红依旧，仿佛刚刚放入一般。

太奶撑伞蹲在墓穴边上，看着拾骨人将白花花的尸骨按从脚到头的顺序，小心翼翼地一一放入骨殖甏中。她脸色平静，神情专注，不时询问一些接下来的步骤，似在旁观邻家做事一般。那份镇静淡定让众人既吃惊，又松了口气。

整理完毕，拾骨人问太奶还有何吩咐。

太奶说，再找一下，一枚金戒指还未取出。

拾骨人在棺材里仔细翻找，果然在一堆掉落的湿泥里找出了这枚戒指。太奶接过，用衣服的一角将它擦拭干净，然后，众目睽睽之下戴到了自己右手食指上。

四

以上故事，几十年间口口相传，还剩多少真实不得而知。确切的是，如今随着太爷的尸骨出土焚化并搬迁，太爷太奶在分开八十多年后再次"走"到了一起。当然，太奶的墓穴里还有后来太爷的骨灰。照例在一番炮仗的轰鸣和纸钱的烟熏火燎之后，上上辈的传奇随着村级公墓墓穴上大理石盖板的合拢再次尘封。

太奶后来活到一百零二岁，殁于二〇〇六年冬，身后留下三十多位子孙、重孙。

原载 2021 年第四期《三角洲·东洲》

幽幽的才艺

自女儿幽幽在学校数学会考中取得年级前三名的成绩后，沈芳自觉脸上光彩了不少，每逢亲朋聚会便有意无意把话题往孩子学习上靠，即便开始是离题万里的金融诈骗案例，也能拐弯抹角最终拐到幽幽的数学考试上。几次三番下来，大家对她的显摆就有点不耐烦了，有次聚会上，有亲戚故意说："你家幽幽说不定就是下一个陈景润哪。"正在兴头上的沈芳哪里听得出弦外之音，脱口而出："我们是想让她往这方面发展。"

每逢这种场合，幽幽多少有点反感，但母亲大人高兴，不好败她的兴致，而且让人夸赞的滋味确实感觉很爽。于是，幽幽就渐渐习惯了这种以她为谈资的场合，有时还会半推半就地附和句："这次会考发挥算不得最好的。"

那天，幽幽二舅公七十大寿，她舅舅家挑了个蛮上档次的饭店，包了十多桌。沈芳自然不会错过这样的机会，饭桌上很快又将话题转到女儿的数学会考上。

同桌一位表亲忍无可忍，又不便当众发作，就顺势提了个倡议，让在场的孩子表演节目，给寿宴助助兴。孩子本就人来疯，经此一点，立时就有几个有点才艺的跳上台来，又是唱歌，又是跳舞，还有个孩子一口气背了七八首唐诗。眼看着风光被别人抢去，沈芳再也坐不住了，生拉硬扯把幽幽拖到舞台上。幽幽犯了难，要表演，这几个才艺她都不擅长；甘拜下风，她这个别人眼里的"优秀"就要打折扣了。她灵感一闪，说要给大家背诵圆周率。这招儿立即惹得全场瞬间安静下来，随即发出几声响亮的叫好声：到底是数学学霸，演个才艺都与众不同。

"3.1415926535897932……"这圆周率幽幽能背到小数点后十六位，但她没有就此打住，而是乘着兴致一直"背"到了小数点后面五十多位。自然，这后面的数字都是幽幽随意加上去的。

幽幽足足报了一分半钟数字才停下，全场先是一阵肃静，继而掌声、叫好声响成一片，连平时难得开口的寿星舅公也高兴得胡子直颤，连说"我家出了个数学神童"。

有此一番风光，沈芳自是得着风便扯篷，后面几次聚会便把幽幽背圆周率当成了保留节目。虽说幽幽每次"背"得都不同，但谁都不会在现场花精力去验证一个对他们而言没有多少实际意义的数字的真伪来。幽幽为自己的小聪明得意了好一阵子。

不料，后面一次出了点意外。

这是一个婚宴场合。走过冗长仪式，婚宴进入用餐加表演环节，司仪刚报出"接下来由数学神童表演背诵圆周率"，台下一位上海来的远房亲戚拉着一个小男孩上了舞台，站到了幽幽身边，高声说："太好了，我家南南也有此特长，正好两人打个擂台，看谁背得多。"司仪见有好戏，哪里肯错过，立马找来两张A4纸和笔，要两个孩子把圆周率写在纸上，一比高下。站在台上的幽幽傻了眼，她竭力让自己镇静下来，一边机械地接过纸笔，一边想着脱困办法，但直到她将记牢的前十六位和之后随意写下的数字将A4纸填满，也没想出可行的办法来。幽幽眼看着司仪将她和小男孩的纸收了过去，叫人举着并读出上面的数字。没有什么奇迹，数字不出意料地只相同了十几位，之后两人写的就再也对不上号了。现场一阵骚动，每张桌子都发出低低的议论声，那尴尬的场景让原本的喜气一扫而光，连见多识广的司仪一时也无话可说。幽幽面无表情地看着台下一脸难以置信的妈妈，既不能认错，又不好退缩，只得愣愣地立在原地。

进退两难之际，只听得"哇"的一声，那男孩哭了起来："妈妈，后面我是瞎写的！"

婚宴风波后，幽幽的声望更高了，除了"数学神童"，还得了个"圆周率大王"的别号。只是之后幽幽再也不愿随妈妈出席这类场合了。沈芳也低调了许多，对别人的奉承一概以"孩子还小，关键看后面"来回应。

原载2021年第三期《三角洲·东洲》

县长的盒饭

　　三月十二日，县长要来共青森林公园参加植树活动。这消息让公园管委会邱主任紧张起来：县长来可不能让他唱独角戏，没有点声势肯定不行！于是，公园管委会迅速行动起来，选定植树区域，购买合适的苗木，调来了一批挖坑填土的铁锹和盛水的塑料桶，还临时雇了八位经验丰富的园林工人，当然少不了做个今年植树节主题的横幅……到时横幅一拉，几十人呼啦一下拥上去，来个人声鼎沸，气势不就上来了！

　　一切安排妥当，邱主任又把流程前前后后梳理了一遍，没什么遗漏了，这才吩咐办公室出个通知：三月十二日上午，全体工作人员携带相关工具，到公园东南段空地参加植树节活动。

　　植树节那天，上午刚过九点，县长、县办的三位秘书、县农林局孙局长以及三个工作人员便来到植树现场。场地上早已拉起了横幅，还插了十几面小红旗，临时雇的八位园林工人和公园工作人员四人一组分散开，点缀了约一千平方米的场地。空地上预先挖了十多个坑，准备好的苗木一对一"躺"在坑边，就等大家种植了。

邱主任对县长说："您讲两句吧，给大家做个动员。"县长说："我们是来植树的，不是来开会的，干就完了，要那么多的程序做什么？"这样一说，邱主任原本准备好的夸赞县长的那套词便派不上用场了，于是，他让苗木技术员简单讲了几条植树的注意事项，完了就亮开嗓子招呼一声："开工——"那县长倒也不扭捏，让下属把树苗插进坑里，扶正，自己操起一把铁锹就往里填起土来，那架势一看就是个"熟练工"。众人一看县长开干了，仿佛听到了发令枪，呼啦一下全动起来了，四个人一个坑，一人扶树苗，两人填土，一人负责浇水。空地上，原本静止的画面一下子生动起来。

一个小时不到，预先挖好的十几个坑都种上了树苗。

邱主任对县长说："您今天辛苦了，你们工作忙，今天就到这儿吧！"县长用手抹了把脸上的汗："我不是来作秀的，今天上午的工作就是植树。"

邱主任为难道："昨天挖好的坑都种了，真没其他活了。"

县长揶揄道："看我们干活不顺眼？坑我们自己挖，就这点活，别忘了，年轻时开河做岸没少干啊，这点泥水活不在话下。"

邱主任无奈，只得指示技术人员再标出二十多个植树点来。

邱主任把办公室小朱叫来："联系个饭店，中午县长在这里吃个便饭。"边上的县长听了摆摆手："别联系饭店了，干那点活还要上饭店？叫点盒饭就行。"

邱主任迟疑了一下，点点头，转头对小朱说："那就叫盒饭，你点下人数，包括园林工人，我们的工作人员，都算在内。"见小朱转身要去安排，他又追上去小声吩咐，"知道怎么订吗？别一根筋。"小朱点点头："我知道的。"

转眼到了中午。县长领着三个平时圈在办公室里的年轻人共种了九棵树。再看这四人来时整整洁洁的衣服，此刻已被糟蹋得不成样子了，沾了泥，溅了水，有两人还挽起了裤脚。直到小朱的一声"饭来了"，众人才停了下来。

小朱把两大包盒饭拎了过来，县长、三个秘书，加上农林局来的四人一大包，公园工作人员一大包。众人把饭盒打开，县长的眉头就皱起来了——政府和局里来人的盒饭要比公园工作人员的多一个荷包蛋。

"怎么，吃个盒饭还分三六九等？"县长脸色严峻地看着邱主任，"工人们吃什么？是不是比你们还少个菜？"

邱主任尴尬地搓着手，不敢正眼看县长："嗯，差不多的。"

"差不多是差多少？"

"嗯——少个鸡腿。"

"你们呀——"县长用手指指了指邱主任，没说下去。

县长吩咐秘书把盒饭收起来，重新装进包里，拎到园林工人集中的地方。"师傅们慢点吃，他们把盒饭搞错了，这些是你们的。"

工人们错愕地看着县长把盒饭一份份地送到他们面前，其中一人望着打开了的盒饭发呆，喃喃自语："这是我们吃的？"

县长说："对，你们干体力活，多吃点才有力气。这是他们特意给你们点的。我们平时体力消耗少，少吃点能减肥。不好意思，我们搞特殊了。"

县长笑着把已发给工人们的盒饭一份份收起来，装进包里。

邱主任和工作人员呆呆地望着县长和工人们互换盒饭，一脸尴尬地僵在那里，手里捧着自己的盒饭，吃也不是，不吃也不是。

原载 2020 年 10 月 16 日 "百草园" 文学公众号

金贵的屁

就像老气横秋的父亲给他取的那个老气横秋的名字，金贵刚四十出头，给人感觉像五十开外了。不仅相貌老气，思想也是老夫子气十足，仗着读了四年大学中文系，出口动辄之乎者也，且不看对象。几个朋友忍无可忍，给他取了个绰号——"之乎者也"。

金贵还有个文字洁癖的习惯，"屁""尿""屎"等在他看来不文雅的字眼一概不说，进而株连到由此组成的词，如屁滚尿流、狗屁不通、屎盆子乱扣之类。倒不似鲁迅笔下的阿Q，因头上长了癞疮疤而讳说癞、赖、光、亮，而是出于对在他看来恶俗字眼的深恶痛绝，认为此等劣言粗语非文明人所为。后来更甚，不仅忌言屁，对这种生理反应也有了本能的排斥，每到此气在肚内运筹，便使劲憋住，尽量让它消散于体内；或控制节奏，逼迫原本打算一次释放干净的废气徐徐泄出，确保无声。倘若有人敢在他跟前不加掩饰放个响屁，他定会捂嘴掩鼻，以示厌恶，末了还要来一句：没素质。

去年秋天，金贵阑尾炎发作住进了医院。医生建议手术切除。此类手术在医生眼里那是小儿科，三下五除二，发炎的阑尾便被割去。推出手术室，金贵顺利从麻醉中苏醒。医生当着金贵的面跟家属交代："病人放了屁方可进食，放了跟护士说一下。"

金贵妻子犯了难：他平时最忌这字，最怕这事，现在术后康复需要，咋办？

第二天一早，医生来查房，问："屁放了没？"金贵妻道："没呢。"金贵皱着眉问："割个阑尾，与它何干？"医生耐心解释："不放屁，说明肠道还没通畅，此时进食，恐有不良后果。如长久不放屁，可下床多走动走动。"金贵望着医生，面无表情，不置可否。

医生走后，金贵妻劝他遵医嘱，下床走走。金贵怒道："无此不食，岂有此理！"

因措施上不配合，加上原本就有抑屁的意念，金贵术后三天竟无屁出。妻子急了，瞒着他走进了医生办公室，说明了缘由。医生听罢哈哈大笑，说："明天我来吓吓他。"

翌日，医生查房，例行询问："屁放了没？"此时金贵已显焦虑，牙缝里挤出一个字："没。"医生脸色严峻，叹了口气说："已过三天了，今天再不放看来要再动个手术，切开肠道，强行排气。不然后果严重了。"

只见金贵脸色陡变，嘴里支吾着听不清说些什么，医生刚走，便喊住要跟着出门的妻子："过来扶我下床，我要走走。"

金贵妻如闻圣旨，赶紧过来扶他下床，搀着他在病区走廊里

来回踱起步来。

其实此气早已在金贵肚肠上部抑积多时，只是被他的意念压制。现在他已顾不上所谓的文明与斯文，放松了意念上的控制，加上走动促进了肠道蠕动，只觉得肚子里一阵咕咕响，抑积之气顺着弯弯曲曲的肠道迅速下行，直奔出口。就像孕妇十月怀胎一朝分娩，随着"扑哧"一声，金贵不禁惬意大叫："呀，屁！"

原载 2020 年 8 月 27 日 "百草园" 文学公众号

底线

春节放假，兄妹几家平时各自上学的孩子都要集中到母亲家里闹腾一番，所以，我一回农村老家，就把兜里的零钱都掏了出来，分给他们开销。母亲却把几枚硬币截留了下来，说是要应付借节日上门的"跑发财"① 人。母亲说："春节里上门讨钱的比较多，为了喜气都要给一点儿，大钱给不起，备一些硬币匀着给。"果如母亲所料，从大年三十起，每天总有几个操外地口音的人登上门，或唱个小曲，说几句吉利话；或带着把二胡、三弦啥的拉上一段，让人感叹如今讨钱也是有技术含量的，没有点才艺还真无法在这道上混。

大年初二，刚吃完早饭，一手拎蛇皮袋、一手领个小女孩的陌生中年妇女就出现在家门口。妇人着装还算端正，脸红扑扑的，不知是患了冻疮还是长时间在外被寒风吹的缘故。小女孩也不是很邋遢的样子，只是显得清瘦了些。母女俩站在门口，不说

---

① 跑发财：南通一带对上门讨钱的人的戏称。

话，也不唱曲，只是怯生生地注视着屋里几个打闹的孩子，还不时东张西望，像是在找什么。

见这阵势，定是来讨钱的了。我赶紧翻出五元纸币递过去。奇怪的是她不接，只指了指袋子。我顺着她拉开的袋口望去，里面是一堆红皮、白皮的山芋。我明白了，这位"跑发财"的不是讨钱，而是下乡来讨山芋的。农家别的没有，山芋不稀奇。我跑进边上放杂物的小屋里，翻出四五只大号山芋，放到她的口袋里。妇人粲然一笑，鞠了一躬，像得了宝似的握紧了口袋，牵着孩子走了。

讨钱、讨饭的以前都见过，只要山芋，钱也不要的还真是头回碰见。她一走，我就起了疑心：她要山芋干啥？给她钱不是也能买到山芋吗？为什么她不说话？几个邻居也都好奇，提醒我要注意点，说不定是犯罪团伙来踩点的。

这个谜团没几天就解开了。那天我闲着没事就来到市区看街景。一阵诱人的香味把我引到一个外乡人的生意摊前，仔细一瞧是做烘山芋生意的，自制的炉子里生着火，几只已经加工好的山芋热腾腾地躺在炉面上。摊主操着不太标准的普通话正在招呼路人，旁边条凳上坐着一对母女。我眼前一亮，这不是几天前上门讨山芋的母女俩吗？我恍然大悟，他们一家是流水作业，女人下乡讨来山芋，男人在这里加工出售赚钱。

我掏钱买了两只，明知故问："你们是一家？"男的看了一眼母女，点点头，说："我女人是哑巴。"我又装着很随便地问了句："这山芋是你们带来的？"我想他肯定会说是老家带来的或买的，可他立即坦然答道："我女人乡下要的。"沉默了一会儿，又自己接话道："家里穷，没法子。"男人做了错事似的突然红了脸。我不解地又问："你这里烘山芋赚钱，为什么不叫你老婆到乡下直接讨钱，这样不是更省力吗？说不定还挣得多!"那男人盯了我一眼，像是尊严受到了侵犯，脸涨得更红了。

"我虽穷，但不经劳动的钱我不要!"说这话时，男的声音不高，却让我心头一震。我为自己内心的偏见和猥琐感到羞愧，穷人也许不像富人那样更有底气，但不缺尊严和人性光辉。

我再次打量着他们，炉膛里的炭火映红了男人黝黑的脸，而他的哑巴女人端坐在凳上，和这街面上走过的妇女，和农村里劳作的村妇，别无二致。

原载 2020 年 4 月 20 日《海门日报》

梅花镇情事
老愚小说集

排名风波

事情的起因是一篇报道。那天上班不久，S局的职员就被《江洲日报》上的一篇文章吸引住了，这篇题为《十六岁，他在磨难中成熟》的文章，写了本市一位失去父亲的高中生一边侍候瘫痪在床的妈妈，一边刻苦读书的感人故事，看得统计科的几位女同志不时拭泪，连新到任的孙副局长也是泪光盈盈。大家觉得应该为这位坚强的学生做点什么。于是，有人向一把手贾局长提议捐款。贾局长对做善事向来比较热心，立即表态：秘书科拟个倡议书，出红榜，将捐款者写上。

抗灾救灾、扶贫帮困，此类捐款S局一年要进行好几次，虽说自愿，但一般人人都捐，而且数额因职而定。这次也不例外。贾局长首先拿出一百元，几位副职跟着也捐了一百元，正副科长八十元，一般科员五十元……事情进行得挺顺利，但捐到孙副局长那儿就乱了。这位刚从部队转业的副局长不知出于什么考虑，一下子捐了二百元。写榜的秘书科小王犯难了：按说这类红榜得按捐多捐少的顺序写，以前捐款，职务高的捐得多，也就和平时排名一致了。可这次是孙副局长捐得最多，这榜咋写？一旁看榜的几位嚷道：

"又不是人大、政协开两会，要那么多规矩干吗？谁捐得多，谁在前。"这么一哄，小王就把孙副局长写在第一，贾局长写在第二。

红榜一出，贾局长的眉头就锁上了。然而这种事上面也没规定，有气也只能在肚里消化。偏偏这时来了几个外单位的人，一见红榜就大呼小叫开了："你们这儿换头儿了？""这位新来的局长哪里的？"有位平时和贾局长搂肩搭背惯了的企业领导见了贾局长惊讶地问："没听说你到了年纪呀，怎么也退二线了？"弄得这位以善于应付各种难堪场面著称的老局长一脸尴尬。

对孙副局长捐二百元的动机，局里人本来就有疑虑，外人这么一咋呼，立刻就像热油锅里掉进几滴水——炸开了。各科室都把门一关，对孙副局长的举动展开一番探讨。这一探讨不要紧，立马有几种说法在局里传开：一说是孙副局长已被指定为贾局长的接班人，下次人事变动就要扶正；一说是孙副局长来时曾遭贾局长百般阻挠，这次是孙副局长给贾局长一点儿颜色看看；还有一说就是贾局长与市里某领导有隙，被确定提前退二线，排名本该如此，不是捐款问题。

对下属嘀嘀咕咕的杂音和神秘兮兮的眼神，贾局长自然有所察觉，但他认为，孙副局长初来乍到，没有雄厚的群众基础，目前是撼不动自己的，这次捐款不过是孙一时心血来潮，至多想与众不同地表现一下自己而已。刚从部队转业过来，没有社会经验，这能理解。因此，他认为没必要做出反应。谁知传言越传越凶，甚至几位亲戚也从外地打来电话，要他提防这位副局长。贾局长觉得再沉默下去自己将处于被动，便果断地做出三项决定：

撤下红榜；将小王调离秘书科；马上召开一次全体会议。

贾局长久经官场，知道如何把握分寸。在一小时三十分钟的全体人员会议上，他足足做了一小时二十五分钟的下阶段工作部署，直到最后才像突然想起似的说："哦，有件事我不得不在这里说一下。最近，局里出现了一种不利于安定团结的倾向，有人想乘机构改革之机，制造混乱，浑水摸鱼；少数科室人员传播一些不负责任的小道消息，影响很坏。这些都是我们所不能容许的！在机构改革的关键时刻，我们决不能让这种歪风邪气搅乱了全局……"

贾局长说到这里停顿了三十秒。这个停顿恰到好处，它既营造了全场鸦雀无声的紧张气氛，又迫使众人把目光瞄向孙副局长。果然，孙副局长被盯得坐立不安，脸涨得通红。

第二天一上班，孙副局长把一位清瘦的少年领到局里，逐个科室介绍："这是小林，我外甥，你们爱心捐助的就是他。来，小林，给叔叔阿姨鞠个躬，他们都是你的恩人。"少年郑重其事逐个科室挨个鞠躬。这一出人意料的亮相把局里的男男女女震住了，几个有鼻子有眼传播"说法"的积极分子，面对孙副局长的介绍和少年的礼数，不知道应该是安慰、辩解还是客气一番，结果是支支吾吾，语不成句，十分狼狈。

S局很快恢复了往日的平静。尽管仍有人暗传孙副局长其实和那个"在磨难中成熟"的少年并不沾亲带故，但贾局长几次在会议上充分肯定孙副局长工作的表态证明，S局已恢复了安定团结的局面。

原载 1999 年 7 月 28 日《机关建设报》

黑点是条狗

一

运来带着黑点沿着鱼塘的四边巡视。黑点今天有点烦躁，以前巡塘时，它总是紧跟着运来，低着头，鼻子嗅着泥，笔直地往前；此时它却不时抬头朝鱼塘的尼龙隔离网外张望，还偶尔停下，扭头警惕地瞧瞧身后。

黑点是运来养着守塘的狼狗，它通身黄毛，肚皮处有几块黑点。

回到过夜的草棚，运来把黑点拴到鱼塘唯一的进口——虚掩的木板门边，自己进棚内休息。透过木条钉成的窗栅栏，他看到远处有两根钓竿朝这边摇过来。运来的脸阴了下来。来人是村主任和他的侄子大炮，自打运来承包下这片鱼塘，被他俩钓去的鱼足有百来斤——没付过一分钱。

运来听到木板门被拉开的声音。以往他总是立刻走出去，喝住黑点，让他们进来。今天，运来却静静地坐在板凳上，似乎在等待着什么。

外面传来黑点的吼叫声以及村主任的呵斥声。很快，黑点的吼声连成了一片。运来本想再坐一会儿，但他接着听到了村主任的惨叫。运来触电似的跳起，冲出门去。村主任跌坐在木板门边的地上，裤管上鲜血淋淋。大炮扶着他大伯的肩。拴着的黑点还在冲着他俩吼叫。运来脑袋"嗡"的一声，心里叫苦不迭。

二

第二天，运来拎了袋水果走进了乡卫生院。他不得不去向村主任赔不是，花点医药费什么的倒还是小事，要是他一怒之下明年终止承包，年初好说歹说从乡农经站贷来的五万元投入可就赔惨了。

踏进病房的门，运来就一直低着头，嘴里不停地检讨着："都怪我，晚出来了一会儿；都怪黑点，狗眼不识您村主任。您是我的恩人，没有您的支持，我运来就承包不到这片鱼塘；致不了富，我运来就娶不上媳妇。您钓点鱼算什么，那是看得起我运来。黑点它是畜生，您别跟它一般见识，好好养伤，医疗费我负责，等您伤好了，我捞几条大鱼再给您补补身子。"

村主任伸着缠着纱布的伤腿没作声。边上的大炮把眼一瞪："你小子别来套近乎！我告诉你，我大伯可有心脏病，吓出个三长两短，你和黑点绑一块也抵不上我大伯的命。"

村主任皱了皱眉，他摆摆手让大炮停住唾沫乱飞的嘴，继而转动了一下僵硬的脖子，本想咧嘴做个笑脸，不想牵着了伤口上的一根神经，痛得他一龇牙。

"没事。哎哟……运来呀，这点小事你别放心上。当然，狗是你的，这医疗费只好让你掏了。刚才你说要捞鱼为我补补身子，难得你有这份诚心。捞就算了，还是我自己钓吧。另外，运来呀，那狗不能留了，无缘无故咬人，定是疯狗！要扑杀的。"

村主任眯着眼，语气平稳地对运来说了一番话。运来顿觉有股冷气从后背直往上冒："您手下留情，我那黑点不是疯狗，跟我三年了，从没咬过人的！"

"哦——倒是我不是人了！这样，运来，给你两个选择：弄死黑点，或者鱼塘别干了！"村主任还是笑着，语气却容不得半点商量余地。

三

日上三竿，运来给黑点喂了最后一顿食。今天是运来和村主任约定的日子，除了牺牲黑点，运来别无选择。

运来牵着黑点来到鱼塘东侧的空地上。空地的中央有一棵大榆树，浓荫蔽日。运来把绳拴在树根上，便垂着头往回走。黑点不明白为什么要把它拴在这里，而不是木板门边。它想跟着运来回去，没走几步就给绳拉了回来。

拴黑点的绳有三米多长。村主任和大炮就站在离树四米左右的地方，两人各执一根粗木棍开始对黑点用刑。村主任的腿伤已基本痊愈，但走路仍有点不便，于是就守在树的一侧，待黑点经过时，瞅准时机猛击一棍。年轻力壮的大炮则追着黑点满树转。一时间，黑点愤怒的咆哮和大炮"打死你这畜生"的吼声响彻旷野。

被牵牢的黑点再凶猛也敌不住两人轮番攻击。渐渐地，黑点的叫声低哑了，脚步不那么灵活了，浑身血迹斑斑。受了伤的黑点遭到更加密集的木棍击打。它的一条腿断了，但仍在顽强地躲闪着大炮的追打。这时，村主任举着木棍在一侧候着，他看到黑点正被大炮从右侧赶过来，脚步踉跄，身体不时筛糠似的颤抖。他的嘴角掠过一丝冷笑，待黑点即将过去的一刹那，抡圆了木棍猛劈下去。这一棍是致命的，只听得黑点哀嚎一声，立时瘫软下去。

村主任和大炮站在安全地带观察。黑点一动不动地躺着，在它的身上已看不到生命的迹象。村主任确信黑点已经死了，他向黑点移动了两步，半蹲下身笑眯眯地看着眼前的战利品。就在这时，村主任的笑脸僵住了，他看到黑点闭着的眼睛在慢慢睁开，黑黑的眸子像黑洞洞的枪口死死地盯着他，喉咙里发出低沉的咕咕声。村主任想起身后退，可两脚僵了一般动弹不得。几乎在同时，黑点带着一身血渍猛然跃起，扑向村主任。随着一声惊恐的大叫，村主任和黑点一起轰然摔倒在地。

四

村主任的死惊动了县公安局，两位穿制服的法医到村里来验尸，结论是村主任因惊吓引发心脏病猝死，黑点没伤着村主任一点儿皮毛。运来在公安局做了笔录后被放了回来。

运来舍不得黑点，就把它埋在父亲的坟边。离它不远处也有一处新垒起的坟，那是埋村主任骨灰的地方。没过多久，来此扫墓的村民惊奇地发现，埋黑点的坟头长满了茂盛的野草，中间几朵野花开着和黑点毛发一样黄的花瓣。而村主任的坟头原有的草木渐渐枯萎，成了墓地中最荒芜的一块。

原载 1999 年 6 月《古今故事报》

入选 2016 年《海门文化大观·文学卷》

水娃和火娃

　　水娃和火娃是榆树疙瘩村的同族兄弟，同在榆树疙瘩小学上学。两人早上一块去，晚上一块回，要是哪个考试考"煳"了被老师关夜学，另一个准陪着。村里大人说，这小哥俩比人家亲兄弟还合得来。

　　然而，这话说得早了点，随着年龄的增长，两人的性格越发显出差异来。水娃腼腆、文静，像个女孩子；火娃粗野、机灵，鬼点子特多。水娃功课好，没见他怎么用功，可考试成绩总在全班前三名里转。火娃手特别巧，和伙伴下河摸鱼，准是他抓得最多；玩风筝时，别的孩子都是父母做风筝，唯有他自己做，风筝照样飞上天。可就一样，读不进书，初中没毕业，火娃就辍了学。

　　初中毕业，水娃考上了省城的一家师范学校。这事非同小可，在榆树疙瘩村的历史上还没有读书读出名堂的。水娃去省城上学那天，几乎全村人都来送行。大人们拉着自己孩子的手教育："瞧人家水娃多有能耐！要向水娃学，好好读书。莫跟火娃似的，净干些没出息的事。"也有老人感慨："水娃这孩子，自小我就看出有福相，是大富大贵之人。"水娃在一片称赞和奉承中上了路。

第二年，火娃也离开了家，跟一位泥瓦师傅去外地当学徒。

转眼三年过去，水娃学成归来，被安排在榆树疙瘩小学当了一名小学老师。榆树疙瘩村的乡亲又是一阵欢欣鼓舞，毕竟这是村里第一位吃上皇粮的老师。

时间顺着那条弯弯曲曲的榆树河静静流淌了五年，水娃一直安分地在村小教村里一茬又一茬的孩子。火娃一直跟着建筑队在外打工。开始时，火娃一年回来一两次。每听到火娃回来，水娃总要去看看，但此时两人已无多少共同语言，拜访也只是礼节性的，全然没了儿时的融洽。后来火娃回来的次数越来越少。

这年秋天，一条惊人的消息在榆树疙瘩村迅速传开：已经三年没有音讯的火娃在城里做生意发了，据说是拉了一帮人专门给公家拆旧房，生意做得很大，一年能赚十多万元。许多人对消息的可靠性表示怀疑：拆个破房旧舍能挣那么多钱？就在消息传出两个月后的一个中午，火娃终于出现在村口。他是乘桑塔纳出租车回来的。那年头这小车村里人见过的都不多，更甭说坐了。单这一点，就打消了许多人的疑虑。

火娃一回来，先是给宅上每户包了二斤红糖，扯一段乡下难得一见的的确良布料，说是感谢众乡邻几年来对他家庭的关照。接着，他又找到村干部，说是愿意出两万块钱，把村里的主干道用石子铺一铺，改善改善村里的交通条件。这两件事做下来，火娃便名扬全村。

有关火娃的新闻仍在不断扩散，有人说他在城里买了一个套房，里面养着一位城里姑娘；有人说他钱多得要用蛇皮袋装，梅雨季过后得拿出来晒晒，以免发霉。每当别人向水娃说起这些新闻时，水娃总是淡然一笑，并不忘补上句："钱再多也是个泥瓦匠。"至于火娃送到水娃家的礼物，水娃没有拒绝，也未动用，就在那儿摆着。

这天，刚上完课的水娃路过校长室时，看到校长正跟火娃谈着什么。水娃一惊。

第二天，校长在全校教师大会上宣布了一条激动人心的消息：本村能人火娃愿捐资五万元，为学校盖一排新教室。为此，校领导经过讨论郑重决定：一、以后火娃子女如在本校上学，全部费用由校方负责；二、聘请火娃为学校名誉校长。

两天后，隆重的捐赠仪式在学校操场举行。火娃满面红光和校长坐在主席台上，接受着校长不惜篇幅的赞词和全校师生雷鸣般的掌声。水娃没有参加仪式。校长请一位老师去叫，回话是水娃身体不适。

春节过后，村里人就再没见过水娃。新学期开学，水娃也没来上课。

……

若干年后，"下海"的水娃在攒了一些钱又"呛了几口水"后，从深圳回到榆树疙瘩小学，继续平平淡淡地当他的老师。火娃则在一桩大生意中因签订合同时的疏忽，被骗去了几乎全部家财，从此再没做过震动全村的事，只是苦苦地守着仅剩的一点儿财产。

这是后话。

原载 1998 年 12 月 8 日《海门日报》

W 指数

两年前，W 就准备购一台 VCD 享受享受。他有这个经济能力，尽管钱来得不易，但他还是愿意花点钱跟上形势。

W 找到在运来商厦供职的朋友 S。时值春节，商场里人流如潮。正忙着的 S 面露难色："想便宜，现在可不是时候，你看这阵势，供应科每天要进几十台 VCD，仍供不应求，这价肯定杀不下来。这样吧，等过了春节，销售淡季时再来，那时兴许能落点价。"

过了正月十五，商场里的人潮退去不少。W 又找到 S。S 把他拉到一旁，低声说："告诉你一个内部消息，VCD 厂家正准备调低销售价，降幅在百元以上，估计半个月后落实到商场来，怎么样，你等不等?"半个月能少花百多元钱，这样的好事自然不能错过。W 再三拜谢，告辞。

半月后，果然如 S 所料，各种 VCD 品牌平均降价一百三十元。W 再次拿着钱来到运来商厦。S 一脸得意："怎么样，没哄你吧!"W 拍了拍 S 的背，道："多亏了你，不然这百多元花冤

137

了。"他一边说一边拉开包掏钱。S道:"你别急着买,这行情我最清楚,这类产品一旦开跌,一时半会停不下来。你想,现在全国生产VCD的企业有数百家,只要有几家调低销售价,其他企业势必跟进。你再等个把月,准保让你再少花些钱。"W把钱放回包里,说:"这么长时间我都等了,还怕再等些时日?"

S的分析一点儿没错,自此,VCD的售价就似温度计放进了冰箱里——直线下降。每次W找到S,S就得意地报上最新调低的售价,并预言,仍有下调空间。眼看着计划购买VCD的预算在不断缩小,W自然很高兴,可日子久了,他的高兴劲渐渐被焦虑替代。理论上钱是花少了,VCD却始终摆在商场里。可怜的W把钱捂出了痱子,仍没能将VCD摆上早已准备好的矮柜上。于是,再见到S时,W真希望别再看到S的得意脸,别再听到S的好消息。然,偏偏VCD的售价着了魔似的一路下滑。

W心力交瘁,过几个月便例行公事般找一次S。"行情如何?""仍是跌势。"S依然一脸得意,依然为朋友又少花了钱而由衷高兴。W默默地收起钱,勉强挤出一丝笑,道声"烦劳你了",便跟跄着走出商场。

今年七月,当W绝望而又无奈地第十六次找到S时,S没有了往日的神采。他惋惜地说:"现在VCD售价已跌破千元,看来已到了极限。"W听后立时两眼放光,精神大振,嘴里不停地嘟囔着:"真是太好了,真是太好了!你知道,这一天我等了多久!"他迅捷地掏出钱,交到S手里。S却把钱放回W的皮包里:"我看你是糊涂了,现在只有傻瓜才会买这种过时产品。你没看电视里的广告，最新一代 DVD 产品已投放市场。我们商场下个月就去进货，你再等半个月都不行吗?!"

W 一下子瘫软在地。

原载 1998 年 10 月 24 日《海门日报》

穿花衣的兰妹

开始听人说时，三娘子不信。死人的魂附在活人身上的事她也听说过，可咋就这么巧，在婆婆身上应验。林家新媳妇翠花是三娘子最要好的朋友，她也活灵活现地向三娘子描述起魂魄附体时的情形，说是昨晚亲眼所见，还说三娘子的公公和婆婆约定，今晚六点半准时相会。三娘子不得不信了，并决定晚上去看个究竟。

六点刚过，天便黑透了。三娘子把新盖的三底三楼的房门全锁上，顺着楼后那条小路，来到百米开外的婆婆兰妹住的小屋里。不满三十平方米的小屋里挤满了人，门外也站了不少人，都是来看热闹的邻居。他们见三娘子来，先前叽里呱啦的嘈杂一下子消失了。人们闪出一条道让三娘子进。三娘子不进，立在门口看。

昏黄的电灯光下，兰妹一身花衣坐在条凳上。那花衣是兰妹年轻时的衣服，现在穿着显得过于花哨。可兰妹说，穿这身衣，老头子认得回家的路。

这时，忽听得一声惊呼："来了！来了！"只见刚才还在说话的兰妹突然全身僵直，两眼发呆，继而筛糠似的一阵乱颤，长出一口气后两眼紧闭，默不作声。全场静得可怕，几个小孩的吸鼻涕声愈发响亮起来。

"都在呀。"兰妹，不，是附体的"鬼魂"开口说话了。那变了调的声音引得现场一阵骚动。

"还真像她老头子活着时的嗓音！"挨在三娘子身边的翠花小声嘀咕着。

"三娘子来了吗？"有气无力的声音让三娘子头皮一阵发麻。公公在世时，三娘子最怕的就是公公，不用说话，往那儿一站，对三娘子就是个威慑。三娘子有点发虚，迟疑片刻，还是硬着头皮挤了进去，跪在地上："儿媳听着呢，爹。"

"我们的宅基地都让你占了？"兰妹脸上布满了汗珠。

三娘子一惊，这鬼魂怎么什么都知道呀！她抬头看了看依旧双目紧闭的兰妹："爹，您儿子要盖楼房，我们的面积不够，只好用婆婆的。"

"你说让兰妹住到楼房里的，怎又变卦了呢？"

"我怕婆婆跟我们过不自在，给另盖了一间。"三娘子觉得有点不妙。

"吃喝拉撒都在这个转不开身的小屋里?！让我们受罪呀！"

"老头子发火了。"人群中有人小声说。

三娘子已是浑身冒汗。她赶紧磕头："儿媳知道了。儿媳明天就把婆婆接到楼里去。"三娘子真想立即出去，但背后堵得墙似的。

"你把婆婆的生活费断了？"

"您儿子这阵子生意不好，很久没有寄钱回来了。"

"不对吧，上个星期不寄回来三千元吗?!"

人们把目光从兰妹身上移到三娘子身上，盯得她身子发颤，低头无语。

"做人凭良心，恶行有恶报！你思量吧！我走了——"兰妹的嘴仍在蠕动着，可已不再出声。

堵在门口的人都下意识地往两边闪。慌乱中，不知是谁碰到了电灯拉线，屋里顿时一片漆黑。人群中爆发出一阵惊呼，待重新拉亮电灯，兰妹已睁开眼，浑身无力地斜靠在小方桌上，身上的衣服早已湿透。刚才还跪着的三娘子则不知去向。

人群散去。兰妹闩了门，朝墙上挂着的老伴遗像磕了三个头，嘴里喃喃道："不得已呀，老头子。"她拿起放在箱子上的相框仔细端详，泪水渐渐溢出眼眶。相框里有一张青春的脸，那是她年轻时在乡文艺宣传队时照的，身上穿的正是现在这身花衣。

原载 1998 年 7 月 12 日《海门日报》

弯爷

俗话说，学门手艺不吃亏。可如今，弯爷守着手艺没饭吃。这世道变了，俗语也不灵验了。

弯爷是个箍桶匠，到他手上，算来已是三辈祖传。弯爷出门箍桶不沾祖上光，靠的是活好。别人箍桶完后需用河水浸一浸，胀胀板才能不漏水。弯爷箍的桶、盆什么的，不用浸胀，直接放水试验，若漏，弯爷不收钱。老人们说，他爹、他爷可没这么好的手艺。

当然，"弯"不是弯爷的姓，他原本姓翟。有一回，请他修桶的东家开玩笑说："你怎么能叫翟（直）①，应该叫弯，你看这桶、盆、勺，哪样不是弯板做的，直板就圈不成圆了。"弯爷听了不气不恼，道："随便，随便，人家认的不是我的名，是我的手艺。"以后，人们便都喊他弯爷，喊出了名，原本的姓倒被遗忘了。

---

① 翟（直）：海门沙地方言"翟"读 zē 音，与"直"字读法一样。

儿子为此不少埋怨弯爷，说父亲你好糊涂，祖祖辈辈的姓，父母取的名，怎容别人随便改。弯爷把眼一瞪，训道："你娃娃懂个啥！出门在外，就得随点人家，和气生财嘛！名字算个啥，关键是要生意好，别人肯请我做活，叫啥都成。"

子承父业，弯爷的儿子十五岁起就跟着弯爷学艺。可儿子心不诚，几次提出改行。弯爷每次都破口大骂："昏了头了你，我家三代传下来的手艺怎可断你手上！想干别的，先把你的姓改掉！"骂得儿子不吭声，气呼呼地把锯、斧、弯刨等工具扔进自行车后衣包架上的木箱里，出门做生意去了。

可如今，弯爷的生意一天天难做起来，常常一早喊到黑，做不下两家活。喊他弯爷的人也少了不少。活少，弯爷就气不顺，回到家里黑着脸跟谁也不说话。儿子劝他："爹，现在都兴塑料的，箍桶这行业看来是到头了，我们还是趁早——"话未说完，弯爷就咆哮起来："再说改行我就打断你的腿！学门手艺容易吗？我们祖辈都这么过来的，我就不信到我手上会干不下去！"儿子无奈，只好说："那我到外乡跑跑，你年纪大了，附近转转就行了。"

儿子自此天天跑外乡，虽说回来晚点，但钱还是挣了一些。弯爷的生意却再无起色。终于，在连续两个星期没卸过工具箱后，弯爷病倒了。这一病，弯爷再没能起来。

弯爷自感不行，就把儿子叫到床头，叮嘱道："儿呀，爹看来是箍不成桶了，你年轻，走远点，生意还是有的。学门手艺不容易，你可不能丢了啊！"

儿子跪在弯爷床前哭着说："爹，儿请您原谅，这一阵子儿在外做的不是箍桶生意，儿跟别人一起做沙发。爹，外乡跟我们这儿一样啊，桶、盆什么的，都是塑料做的了，哪里还有什么生意啊！"

弯爷长叹一口气，闭上眼睛，深陷的眼窝里淌出一串泪来。

三天后，弯爷断了气。烧库①时，儿子把弯爷用过的箍桶工具都扔进了火堆。这是弯爷临终嘱咐的，说是要把手艺带到阴间去。

原载 1997 年 8 月 5 日《海门日报》

---

①烧库：当地一种迷信习俗，用纸、芦苇等做成房子、家具，意在燃烧后让死者在阴间使用。

无事生非

正在路上值勤的交警小李听到有人喊他的名字，正要转身，一辆摩托车在他身边戛然而止。

招呼他的是在某机关工作的老同学小沈。老同学相见格外亲热，小沈说："好久不见，你小子过得如何？"

小李摘下帽子，弹了弹上面的尘土，调侃道："我们小警察哪比得了你，大机关里做事，前途无量啊！"

小沈递过一支烟，说："县官不如现管，我现在就归你管。"

小李嘿嘿一笑："那倒是真的。你要是没有证照，我照样处罚你！"

小沈装出一副委屈的样子："我可是守法公民，不信拿出来给你看。"小沈说着真的从包里拿出两个小本本。

小李笑着接过证件，边翻开边戏言道："我看看是不是假的。"

这时，几个闲逛的青年看到交警在检查证照，大叫一声"逮住一个违章的"，便围过来看热闹。小李见有人围观，有点不高兴，吼道："有什么好看的！走走走！"这一喊不仅没有让他们离开，反而引来更多的围观者。被圈在里面的小李和几个小青年争执起来。

围观者越来越多，外面已看不清里边的情形了。好瞧热闹的路人仍不断地围聚过来。

在外围，有人不解地问："发生什么事？"

"车祸！"一位踮着脚使劲伸长脖子往里瞧的年轻人自作聪明地答道。

"怪不得刚才听见急刹车声。"一位刚从对面理发店里出来的中年人也说。

"死人没有？"还是刚才那个人在问。没有人回答他。

时值下班高峰，马路上本来就有点挤，现在围了这么多人，更是把马路挤窄了一大半。这时，来了一辆桑塔纳，司机见前面过不去就探出头叫人把挡道的自行车移开，可没有人听他的。司机无奈，就试图从路中间的隔离杆和自行车之间开过去。不幸得很，缓缓前行的汽车还是碰倒了单立着的自行车，自行车碰倒了一旁停着的摩托车，摩托车压着了一位看热闹的小孩。

"不得了啦！"人群中爆发出尖厉的叫声："有个孩子让摩托车压着了！交警同志，这儿发生车祸！"

原载 1997 年 6 月 26 日《海门日报》

风浪的馈赠

　　人在旅途，难免要遇到一些险风恶浪。风浪的危险性使人们对它畏惧三分。然而我所经历的一次风浪却让我享用终生。

　　那次，我和妻子随单位去江南参观学习。所乘的大客车从长江汽渡过江，待大大小小的汽车占满渡轮后，按规定下车的我们便潮水般地涌上渡轮，寻找自己的车，自己的座。我没和妻子坐在一起，因为昨晚的一场争吵，两人之间的怨气尚未完全消退。

　　渡轮徐徐驶离码头，驶向江心。春天的太阳暖洋洋地照在身上，江面上微风轻拂，难得的外出机会让每个人的脸上都洋溢着喜气。

　　天有不测风云，船刚到江心，铅灰色的乌云似从水里冒出来一般，突然积聚在渡轮上空，我们的头顶像扣了一口巨大的黑锅，四周突然从白天变成了黑夜。水面上狂风骤起，刚才还平静温顺的江面顷刻间喧嚣起来，四五米高的浪头排山倒海般扑向船体，渡轮被打得剧烈摇晃着，汽车随船一起晃动，并发出"吱吱"的响声，仿佛随时都可能翻入江中。

突如其来的变故使刚才还谈笑风生的乘客陷入混乱之中。人们惊慌失措地爬下汽车，奔向渡轮的二层，奔向空余的甲板。一个大浪打来，江水涌上甲板，打湿了我们的鞋子、裤子。人群中，有的脸色煞白，有的呕吐不止，小孩哭，大人叫，弥漫着一种末日将临的恐怖气氛。

渡轮拉响了报警的汽笛，工作人员解开了系着的救生衣、救生圈。人太多，我和妻子只拿到一只救生圈。我把救生圈递给妻子，妻子没接。我瞪了她一眼，狠狠地把救生圈套在她的脖子上。

渡轮在浪谷里颠簸了五分钟后，江面终于又恢复了平静。五分钟，好像过了五年。在这有生以来最漫长的"一瞬间"，我想了很多，想起了不久前因一件小事和妻子三天没搭腔，想起了曾为工作上的一些不如意而痛苦不堪。在这同舟共济的渡轮上，在这生死未卜的五分钟里，我豁然醒悟，和这不可抗拒的险风恶浪相比，和这生死攸关的考验相比，以往的那些挫折和痛苦是那样微不足道。

渡轮就要靠岸了，人们纷纷返回汽车。我发现，妻子早已在我边上的那个位子上坐了下来。

汽车吼叫着沿着石驳的斜坡往上冲。不知是谁忘情地唱起歌来，这种彻悟后的宣泄，感染了车厢里的每一个人。

原载 1996 年 2 月 21 日《海门日报》

淘汰赛

　　厂工会组织职工羽毛球比赛。新上任的贾厂长欣然参加。

　　听说贾厂长的羽毛球打得不赖，但厂里也不乏其他好手，厂办的小王和小朱便是公认的种子选手。比赛分 A、B 两组进行，先淘汰赛，再决赛。抽签结果，小王和贾厂长分在 A 组，小朱分在 B 组。

　　前几轮，三人都轻松过关。最后，B 组小朱名列榜首，A 组贾厂长和小王争第一。

　　和贾厂长对阵，小王心里不免发虚，毕竟没交过手，不知底细。但几个回合下来，小王心里有了底：贾厂长的球技不过如此。只见小王前扑后杀，轻吊重扣，游刃有余。贾厂长疲于奔命，气喘吁吁，半小时不到已连失两局。

　　第三局开场，小王摆好阵势准备发球。贾厂长轻握球拍，猫腰抬头迎战。只见他脸带微笑，一身轻松，仿佛输球的不是他而是小王。小王蓦然一惊，心里直叫不好。前几日，他耳朵里刮进点风，贾厂长要精简管理人员，他们厂办一个留下当主任，一个下一线做工人，这节骨眼上要是把贾厂长淘汰了……小王越想越害怕，右手轻轻一抖，球小角度飞出，撞网。

局势至此急转直下。小王全无前两局的威风，不是杀球下网，就是高远球出界。贾厂长却如有神助，越打越顺手，竟连扳三局，反败为胜。赛毕，贾厂长拍着小王的头呵呵一笑，说："不行呀，小伙子，你被淘汰了！"小王装出一副丧气的样子，心里却说：丢卒保车，值！

决赛中，小朱攻势凌厉，直落三局夺冠。贾厂长依旧笑嘻嘻，一脸轻松。

小王放心了。

没过几日，小王耳朵里又刮进点风，说贾厂长曾是省羽毛球队队员，在国内大赛中还得过名次，只是后来受了伤才退出了省队。

小王心里又翻腾开了。

原载 1993 年 4 月 27 日《北海日报》

老幺的神鸡

老幺养了一只神鸡。

这只神鸡，神就神在不早不晚每天清晨六点零七分准时把老幺叫醒，在被窝里伸个懒腰，穿衣起床，点火做饭，刷牙洗脸，中等速度用饭，中等速度骑车上班，到厂门口刚好七点三十分差那么几分钟。休息片刻，上班铃响。天天这几套动作，犹如程序控制好一般。

老幺从不用手表，从不听广播，但他从不迟到。同事开玩笑说："老幺，你那神鸡都赶上生物钟了。"老幺笑笑，一脸得意，说："不是我吹牛，北京时间也是依着咱神鸡的啼声跳的！"

可是很不幸，没多久，老幺的牛皮就破了。现在想起来，都怨那阑尾炎生得不是时候。

那是在四月份。老幺患阑尾炎住了一星期医院。老幺闲不住，一出院就急急上了班。记得那天和平时没什么两样，照例是准时被鸡叫醒；照例伸个懒腰，穿衣起床，点火做饭，刷牙洗脸；照例中等速度用饭，中等速度骑车上班。但到了厂门口，老

幺傻眼了——大门紧闭着，只开了扇小门。门卫见了他很是吃惊，说："哎哟，老幺，你上班一向准时，今天怎么迟到了一个小时？是睡了一个星期的懒觉不习惯了，还是你那神鸡散了神？这次先给你记着，再迟到，这个月的奖金可就要泡汤了！"

老幺挠挠头，既尴尬，又困惑。

老幺回到家，看了看鸡，又查了查鸡窝，没发现什么异常情况。"肯定是早上叫醒后没醒透，迷迷糊糊又睡了一阵。"老幺这么想。

老幺对神鸡报时的准确性坚信不疑。

第二天，老幺醒得特别早。他睁眼在被窝里等着，一听到鸡叫，马上翻身起床，穿衣、做饭……速度比以往要快一拍。当他信心十足地赶到厂门口时，差点没哭出来。

老幺感到从未有过的心灰意冷。倒不是全为那几十元的奖金，一直引以为豪的神鸡接连出错，让同事取笑，实在叫他难以接受。回到家里，他把一肚子怨气都发泄到了鸡身上，提刀把鸡杀了。

几天后，人们看到老幺的手腕上戴了一只电子手表，都惊讶地问："怎么啦，老幺，你也赶起时髦来了。"老幺苦笑着把因鸡误时，奖金泡汤，愤而杀鸡的事讲述了一遍。众人听了都蹲在地上笑得差点岔了气。笑够了，其中一个指着老幺说："你这老幺，现在是实行夏时制，作息时间要往前调一个小时。"

"该死！"等听懂了夏时制的意思，老幺涨红着脸嘟囔了一句，紧接着惨叫一声，如咽喉破裂："我的神鸡哟！"

原载 1992 年 9 月 25 日《海口晚报》

给儿子取名

悬挂于心头的焦虑与不安，随着婴儿降生时那一声清脆、响亮的啼哭一起落了地。随之，另一种义不容辞的责任感又填补了刚才的空白。

给儿子取名，取一个和儿子哭声一样响亮动听的名字！

"现在取名时兴纪念性，儿子生下来六斤重，就取名叫'乐钧'吧。"我对做营业员的妻子说。妻子点点头，算是同意。在所有涉及文字方面的大小事上，她总是听我的。不料丈母娘却不同意："六斤？不好听。现在是六斤，以后要长大的，怎么一直是六斤呢！不吉利。"对丈母娘的横加干涉，尽管心里有些反感，但听她一分析倒也有几分理。推翻就推翻吧，反正名字有的是。

第二天，去菜场买菜的路上，我看到一张贴在墙上宣传计划生育的标语，一下子来了灵感，现在提倡只生育一个，既是第一个，又是最后一个。对，那就叫"首尾"，表示自己响应计划生育号召的决心。

这回妻子那边就没通过。"太怪。"妻子评价道，"做个笔名还差不多。你们这些写文章的就知道新奇，以后儿子长大了有缘跟文字打交道，笔名随他取，正儿八经的名字就得正儿八经地取。"不用说，这个名字又夭折了。

"我提一个，叫文杰。"在幼儿园当老师的妹妹得意地宣布了她的"杰作"，"文杰，文中豪杰！"

"不行，容易雷同。我部队里有个战友就叫文杰。"我一口回绝。

"那就叫文戎，取文武双全之意。"妹妹不死心，又提了一个方案。

"算了。"当小学教师的母亲笑着挥了挥手，"我班上有两个文戎呢。"

就这样，反复了一个星期，直至妻子出院，儿子的名字仍无着落。

儿子没名可不是小事，回到家，若是四邻八舍问起：你儿子叫什么名呀？总不能以还没取交代吧。亏得自己还是个舞文弄墨的文化人，自己儿子的名字都迟迟取不出，岂不被人耻笑！

回家后的第一个晚上，一家人围坐在一起，开了个紧急取名会议。我搬出了书架上的《辞源》《辞海》《成语词典》《妙语词典》《常用典故》等工具书。父母、姐妹加上自己五个人，对这堆工具书来了个"地毯式轰炸"，大有不达目标决不收兵之气势。然而结果令人泄气，名字取了一大堆，没有一个合众人意的，不是太俗就是太土，不是太土就是太怪。老天！往日给小说里的人物取名字，稍一思索就是一个，没人抗议，不怕土俗，不愁同名，何其痛快。想不到自己儿子的名字竟然如此"难产"！简直比妻子生孩子还难。

儿子眼看着临近满月，那胖乎乎的脸蛋上已经出现了莫明其妙的笑容，给儿子取名一事却仍尺寸未进，急得丈母娘天天催促。

一日清晨，我早早起床生晚上封灭了的炉子，其时太阳未出，东方红云满天。看着看着，一个名字脱口而出：曙晖！儿子出世时也是太阳要出未出之际。我急忙回屋征求众人意见，居然未发现雷同的，于是众口一词：好。可能是这个名字叫起来比较上口；可能是大家取名取累了，想累了，想早早把它落实了，了却一桩心事。于是乎，折腾了将近一个月的取名"活动"终告一段落。

不过我心里明白，仅是附近没有同名而已，全国十几亿人，就那么几千个常用的汉字，适合于取名的有意义的字更少，怎么会不重名？有时候我想：现在取的是乳名，等儿子长大了，上学了，再取个巧妙的学名，时间还有七八年，够我想的、查的。有时候我又想：恐怕没那么简单。七八年，全国又有多少个新婴儿诞生，又有多少个新名字问世，大家都在挖空心思想好名，供使用的范围又那么狭窄，能取出一个既不土，又不俗，还不重名，独一无二的名字来吗？

天晓得！

原载 1992 年 9 月 21 日《海口晚报》

签名

有个朋友，识字不多，却一心想当个名家。

我问他："干吗要当名家？""好给人签名呗！"他真诚地说，眼睛里露出欲望的光。顿了顿，他又说，"你看人家名人，拿支笔，在别人的本子上、纸上、衣服上，嚓嚓嚓，名扬天下。"他边说边做了个极快的签名动作。

我笑笑说："那你先把自己的签名练好了。"

"那当然。"他很有把握地说，"练了好久了……我写给你看。"他掏出一支挺别致的笔来，龙飞凤舞地在纸上画了几下。我拿过一看，还真有那么一点儿潇洒的样。

"那你想干些什么呢？"

"我想——当个作家，大作家，我要签名售书。"

见他那虔诚的样子，我只有祝愿他早日成功。

一年后，有一次在路上遇见了这位朋友，便问道："老兄，你那计划进展得如何？"他一脸沮丧，说："我写了满满两方格本，送给人家杂志编辑，可人家叫我自己收藏。还说，像我这样的作品，每天都有一大箱。没想到那道上人这么挤，我挤不过人家！"

"就是嘛，"我及时劝导他，"作家不是那么容易当的。依我看，不如趁早改主意。"

"看来是得改主意了。喂，你说当个球星怎么样？足球明星！像马拉多纳、范巴斯滕、里杰卡尔德……那多威风。我们国家不是正缺具有国际影响力的足球明星吗？这是个冷门，练好了，准行！"

我苦笑着摇摇头。

说干就干，他把院子当球场，墙上画个框做球门，直练得窗户上的玻璃都变成彻底的全透明。

一个天气阴沉的下午，他突然出现在我家门口。从他依然沮丧的脸上，我就知道又是壮志未酬。

果然，他阴着脸说找了几家业余的足球队，人家硬是真品碰着外行——不识好货。说完长叹了一口气。

我便又劝道："其实做平常人也很不错的，没有打扰，没人揭短，自由自在。何苦非要做什么明星，签什么名！再说明星就那么容易做？全世界几十亿人，有几个能当上明星的？"

"那倒也是，我也一直在想这个问题。看来做明星确实不容易。"他顿了顿，突然问，"你晓得某某某某这个人吗？"他说了一个绕口的外国人的名字来。

"不认识。"我茫然地摇摇头。

"嘻，你连他都不知道，他就是刺杀美国总统里根的那个

凶手。"

"那怎么啦?"我更茫然了。

他望了望我,低声说:"他倒是一举成名!"

我吃了一惊,冲他喊道:"喂,你可别胡来,那可是要掉脑袋的!"

"我没那么傻。"他狡诈地眨眨眼。

可是没多久,我还是听到了他出事的消息。他被捕了,罪名是冲击某外国驻华机构。不过,他倒是实现了梦寐以求的事——在判决书上,他"潇洒"地签上了自己的大名。

原载 1992 年 7 月 8 日《北京法制报》

靠右行

小时候，每次独自出门，父母总要一遍又一遍地叮嘱：走路要靠右！走路要靠右边！记得有一次，我突然懵懵懂懂地顶了一句："都靠右边，哪左边给谁走？"母亲眉头皱了皱，竟然无以对答。父亲把眼一瞪，骂道："娘的，叫你靠右走，你就靠右走！出去闯祸，甭想再骑自行车！"我吐了吐舌头，不敢再吱声。

自行车是我十岁时父亲给买的。别看我人长得矮小，可胆贼大，又挺经摔，人还没车高，便能在自行车的三角架上一吊一吊地骑着走了。

那时的马路虽然不宽，但人少，汽车也少，走上好长一段路才有一辆卡车或满是灰尘的单节公共汽车开过。石子路给我提供了一个尽情玩耍的场所。前轮一沾上石子，我便把行路靠右的叮咛丢进了爪哇国，或是忽左忽右，或是在马路中央骑 S 形，或是在汽车驶近之前及时地抢占上风，以避开扬起的漫天尘土⋯⋯

和父母一起出门便没这般畅快了。母亲还好说，最多唠叨句："快过来，小冤家，要出事的！"玩在兴头上全可不予理睬。

若是父亲在就没那么便宜了。他会把眼一瞪，吼道："娘的，过来不?!"那一声恶狠狠的吼，具有不可抗拒的威慑力，我只能沮丧地跟在后面规规矩矩地靠右行了。

十九岁那年，我参了军。临出门前，母亲噙着泪反复叮嘱我应注意的一切：衣服要及时洗、早饭一定要吃饱、千万别让雨淋着……唠叨了一大堆，可我总觉得还漏了什么。什么呢？我恍然大悟，我这才发现已有很长时间没有听到母亲"行路靠右"的叮咛了，没有听到父亲那声"娘的，过来不"的吼声了。

我第一次感觉到了不踏实，心里空了一般着慌。我频频回首，心想母亲一定会补上这一句。可直到送行的父母消失在汽车启动时留下的飞扬的尘土中，我的心依然空着。

入伍第三年，我探亲回到家。在一次外出时，我又有机会和父亲同行。马路还是那样宽，人却多了不少，汽车也比以前闹猛了许多。远远的，一辆卡车朝我们驶来。我忽然童心突发，生出个近乎恶作剧般的念头。于是，在汽车将要驶过时，我把车头一歪，像孩提时那样及时占据了上风……

汽车直驶而过，扬起的灰尘把我和父亲阻隔在马路两侧。待尘土散尽，我慢慢地向右边靠去，父亲好像很生气，阴着脸，不时吐吐沫。我暗暗得意，喜滋滋地等着那声恶狠狠的吼。

过了许久，父亲才轻轻地骂了声："娘的，这土弄我一身！"

儿时的梦一下子远了，一如这漫天尘雾中的景物，模糊不清。我困惑地抬头望着父亲。父亲回过头来咧嘴冲我一笑，脸上的皱纹便菊花般粲然绽开……

那答案就藏在这岁月利斧砍出的纹路里吗？

……

如今，我的儿子也已经上小学了。每逢他出门，我总要叮嘱上一句："走路靠右，儿子，走路要靠右边！"

原载 1992 年 6 月 16 日《广西农垦报》

合唱

县机械公司已是第七次来电催要庆"五一"歌咏比赛人员名单了。贾厂长拿着话筒支吾了半天不表态，直到那边声称如不参加，年底考核算不合格时，他才如梦初醒似的回道："明天吧，明天一定交上。"

以前，贾厂长可不是这样的。公司每次举办什么歌咏比赛、文艺会演之类活动，他总是放下电话，立即就办，而且亲自排练，亲自教唱。虽说从没进过前三名，却也每每顺利过关，还拿到过组织奖、公平竞赛奖之类的安慰性奖项。可自上星期机械公司组织行业检查后——那次检查，公司给了他们厂八字评语：管理混乱，效益极差！并把他们厂称为机械行业中吃大锅饭的最后堡垒——他便再没这份雅兴了。

公司下了最后通牒，不参加看来是不行了。他拿过花名册，从科室、车间里点了二十个男女，吩咐秘书出个通知：下午两点，工厂会议室集中教唱。

教唱是他的拿手戏。自他任厂长以来，少说也有五六回了。

他把这看成是展示自己多才多艺和联络群众感情的机会。贾厂长走进工厂会议室，合唱队的队员们已在里面恭恭敬敬地等候他们的上司兼教头了。贾厂长提了提精神，把公司举办庆五一歌咏比赛的重要意义简单交代了一下。随后，他挑选了一首符合这次活动主题的歌，开始教唱。照例是贾厂长唱一句，大伙跟一句，往复几遍，然后再从头到尾连起来唱。练了几遍，合唱队已能比较熟练地把歌曲全部唱下来了。

按惯例，这堂课就算结束了，待下次再复习几遍，便可大功告成，只待比赛开始。可这次贾厂长没有就此罢手的意思。只见他皱皱眉，说某些音节唱得还不够准确，要单独过关。合唱队员们面面相觑，有点不知所措。以往总是合在一起唱的，今天怎么想起要单独过关？贾厂长挥挥手，指着左侧第一排说："就从这里先开始。"于是，从前排到后排，从左侧到右侧，合唱队员逐一进行独唱；于是，从第一个开始到最后一个结束，笑声便没断过。二十来个人竟没有一个能唱到底的，大部分人一唱出去就再也找不着调，不知串到了什么地方。唱的人笑，听的人笑，贾厂长也跟着笑。末了，又都静下来低着头不吭声。贾厂长在讲台上踱了两圈，手指在桌面上有节奏地敲了一阵，然后抬头看看等着训话的合唱队员，又望望四边嵌着花纹的天花板，脸上露出一种古怪的笑意。

足足冷场了两分钟，贾厂长才低低嘀咕了句。声音太轻，后排的人听不见，前排的人却听得真切，贾厂长说——解散！

原载 1992 年 5 月 10 日《江苏工人报》

老人和他窗外的朋友

　　"好再来"饭店的面条三毛二分钱一碗。对我来说，它既经济又合胃口。我常到这儿吃早饭，经常来。

　　他也常来。不过，他从不吃面条。他总是买上四五两热气腾腾的小笼馒头，自己带半斤老高粱，边吃边喝，一直喝到剩下的馒头没一丝热气。他不像我今天这张桌子明天那张桌子地打游击，他总是选定靠玻璃窗的那张桌子。窗外是不太宽阔的街道和熙熙攘攘的人流。说来也怪，那张桌子好像是特意为他放置的，哪怕店里的人挤得其他桌子都坐不下，也没人肯坐到他那张桌子上去。看起来他比我还要老些，皱纹堆了一脸，又深又长，身上衣服的质料倒挺考究的，只是总让人有一种不太干净的感觉。然而，最引人注目的还是他那张过于唠叨的嘴。

　　每次来"好再来"吃饭，我总看见他和窗外的熟人喋喋不休着什么。他说得极快，不时地打着手势，内容无非是些天气啦、儿子啦、家庭啦，诸如此类。窗外一定是他的知心朋友，或是他的晚辈（窗台较高，我不临窗看不见外面的人），因为他或她总是极有耐心地倾听着，从不粗暴地打断那有些含糊的嗓音。于是，他说得极顺畅，极适意。说到高兴处，他就仰起头，嘿嘿地傻笑几声；说到伤心处，他就把头埋进臂弯里作抽泣状。奇怪的是，他从来不邀请窗外的朋友到店里来坐坐，或起身到窗外和他或她细细交谈。隔着那沾着灰尘的玻璃（经常半扇开着，半扇关着），似乎更有利他发挥口才或提高自己的情绪。而他窗外的朋友对此也绝无异议。

记得那天和平日没有什么两样，他照例准时走进"好再来"饭店大门；照例买上四五两小笼馒头，摸出自带的半斤老高粱，边吃边喝；照例和他窗外的朋友倾心交谈……只是以前几次我总要等他离开后再回去，因为儿子、儿媳在外地工作，老伴又去了女儿家，在家闷得慌。而今，刚回家的老伴正等着我买回她喜欢的油条和豆浆。我只好先他而回了。走出大门，我忽生一念头，我要看看他那窗外的朋友。于是我转过身，于是我的目光扑了个空……

我折回门口。他依然端坐着，依然对着窗外真诚而又热烈地交谈……不知怎的，我那早已干涸的眼窝忽然湿润了一片。

第二天，在紧靠玻璃窗的那张桌子旁坐着两位老人。有一个，是我。

原载 1991 年 5 月 21 日《江西法制报》

难得潇洒

自打那首"女人爱潇洒，男人爱漂亮"的歌曲流行之后，我的日子便变得难过起来。因为无论如何，潇洒二字跟我这一米六七的身高，走路爱打八字的步姿和那副褪了色的老式近视眼镜沾不上边。要命的是我这人还常常会露出潇洒男人最忌讳的寒酸相来。妻子尽管嘴上不说，但她那越来越多地为我纠正生活中细小错误的举动，使我这不潇洒的男人越来越感到烦恼和茫然。

中秋前一天，我和妻子回乡下过节。在拥挤的汽车站候车室里，我们并排坐在长椅上，等候总是难得准点进站的长途汽车。我百无聊赖地四下张望，希望能有什么新鲜的东西引起我的注意，好打发这段难熬的时光。然而候车室里一切如旧，还是嘈杂的环境，长长的木质座椅上挤着一堆堆人，门边的墙上依然挂着那只支援灾区建设的募捐箱，售票窗前永远是排不完的长队。突然，我的目光在我和对面那排长椅的中间停住了——那里躺着一张面值两角的纸币。

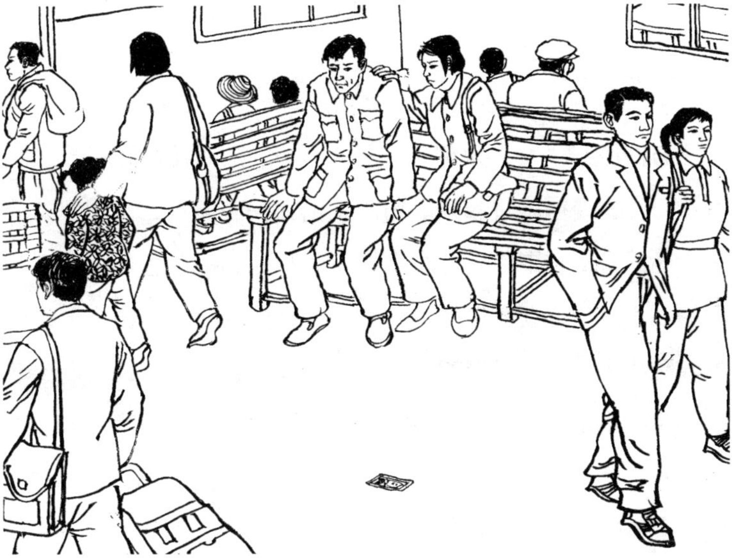

我本能地抬起沾着座椅的屁股（我的所有傻举几乎都是本能），身体慢慢向前倾去……与此同时，一股向后的力又把我重新按回到座椅上。我侧过脸，妻子狠狠地盯着我。

　　两对男女从我面前走过。前面那位男士头微微昂起，目不斜视，右手机械而均匀地前后摆动着（左臂被女士挎着）。跟在后面的那位男士则飞快地瞟了一眼地上的纸币，抬起左脚向那张伤痕累累的钞票极为潇洒地踩下去……

　　我那古怪的念头竟未被一起踩掉（这也正是我无可救药的地方），妻子稍一走神，我又从容地从椅子上挺起。待妻子发现我的企图，我已弯腰把那张满是尘土的两角纸币拾了起来。

　　怀有各种心思的眼光一齐向我射来。我甚至能感觉到目光聚焦在脸上所产生的微热。我旁若无人地从衣袋里掏出手帕，仔细擦去纸币上面的污垢。接着，我走到门边墙上的那只支援灾区建设的募捐箱前，郑重其事地把它从细缝里塞了进去……

　　直到汽车驶出汽车站，妻子低着头没说一句话。我感到问题有点严重。"真对不起，"我低声说，"没想到这么使你伤心。"

　　不料，她转过身，说了一句让我感动万分的话。

　　她说："你很潇洒！"

原载 1991 年 2 月 6 日《新华日报》

入选 2016 年《海门文化大观·文学卷》

门

　　冯大田老汉经历了一个月零八天的痛苦煎熬，终于撒手归天。临终前，他伸出枯竹似的左手，指了指黑帘布做的房门，使出回光返照积聚的最后一丝气力，凄惨地喊了声："门——"

　　儿子冯宝捧着父亲骨瘦如柴僵硬的躯体泪如雨下。母亲生下他就早早去世了，作为冯家唯一的香火，父亲把全部希望都寄托在他的身上。为了儿子的婚事，冯老汉花尽毕生积蓄，盖了两间新瓦房，自己仅在客堂间的一个旮旯里铺了张床安身，今日仍为欠儿子一扇房门而死不瞑目，怎不叫冯宝肝肠寸断，百感交集。他呆呆地望着父亲苍白清瘦的脸，嘴里喃喃道："您老人家放心去吧，那扇门就交给您的儿子办！"

　　时值立秋后的第一个星期日，距冯宝结婚仅一个月又二十五天。

　　葬礼过后，冯宝家平静了一段时间，但很快又恢复了新婚时的热闹。那位颇具音乐细胞的媳妇翠枝把立体声收录机的音量扭到了极限。一到晚上，电视里传出的"嘿嘿"的击打声，又把嗜

好武打片的冯宝迷得如痴如醉……

然而冯宝不能完全摆脱忧郁和沉闷，父亲临终前那希冀的眼神无时不在刺激着他的神经。他要尽快完成父亲的遗愿，好让他老人家地下安息。

六七①一过，冯宝便从木材市场买回了四十元木料。请了三个人工，房门很快安装好了。有了房门，新房一下子紧凑了许多，也暖和了许多。翠枝望着簇新的房门，高兴得手指在收录机上飞快一摁，强劲的节奏顿时在密封的新房里发出嗡嗡的回声。冯宝嫌吵，打开房门走到客堂间，就在他随手带上房门的一刹那，他突然僵住了——刚才还震耳欲聋的音乐声一下子遥远了许多……他的脸渐渐变得煞白，仿佛又听到了晚上父亲床铺嘎吱嘎吱的响声，看到了父亲白天那张昏昏沉沉、布满烦躁的面容。父亲临死前那绝望的喊叫，似从地穴深处冒出一般，越来越清晰，越来越强烈地震荡着他的耳膜……

"爹——"冯宝惨叫一声，身体顺着紧闭的房门慢慢往下蹲去……

原载 1990 年 11 月 22 日《致富报》

---

①六七：当地丧葬风俗，人死后逢七日要烧经，第六次烧经还要摆些排场，请来亲朋好友用餐，过完六七葬礼才算真正结束。

礼物

　　七月初八是妈妈的六十岁生日。我们姐妹三人商定，各自买一件礼物送给妈妈，看谁送的礼物最有意义。

　　既然是要比试比试，自然不可像平日那样随随便便了。于是，我选择了一个既能出奇制胜又切合题意的小东西。

　　转眼到了妈妈大寿那天，亲朋好友来了不少，众宾朋举杯祝寿，甚是热闹。吃过晚饭，客人们陆续散去，待室内只剩下我们一家时，大姐便宣布了我们的计划。大家又是鼓掌，又是叫好。妈妈坐在藤椅上笑出了眼泪，指着大姐说道："都这么大了，还脱不掉孩子气。"为制造悬念和喜剧效果，我们决定先关灯，各自将礼物拿在手里，然后开灯，同时展出。灯熄灭了，室内一片漆黑，一阵塑料袋抖动声响过，只听得大姐喊道："好了吗?"我和二姐同声回答："好了。"

　　不知是谁拨动了一下开关，四十瓦日光灯豁然闪亮。雪白的灯光照着一双双来不及适应强光而眯起的眼睛，照着一张张惊讶得张大了嘴的脸。

174

静，静得都能听得见自己的心跳。男人们都尽量保持着原有的姿势，生怕动一下惊破这美妙的宁静。我们姐妹三人呈三角形围着母亲，身体立得笔直，手臂向前平伸着，手里拿着几乎完全相同的送给母亲的礼物。妈妈坐在藤椅里，头像连在了一根轴上，不停地在我们三人中间来回转动着。刚刚笑出的眼泪还没拭去，新的眼泪又从将要干涸的眼眶里涌出来。

　　绝不是偶然巧合！礼物虽有千千万，可送给妈妈最好的礼物只有它——一件色彩鲜艳的红色衬衣。

原载 1990 年 9 月 25 日 《福建老年报》

大热天

天可真热，蝉儿躲在树荫里此起彼伏地鸣叫着，鸭子张着嘴喘着粗气，几只母鸡不停地扇动着翅膀不敢出声。

他把电扇调到三档，强大的气流把桌上几张废纸吹落下来。他躺在躺椅里，望着门外炽热的太阳光暗自庆幸：幸亏早打了病假条！这鬼天气说热就热，昨天天气预报里报最高温度创历史纪录，今天果然热得厉害。这天气干活，简直是拿生命开国际玩笑。

院子里传来铁轮子与水泥地的摩擦声，推着放置冰棍箱的铁架小推车的母亲出现在门口。"这天气可真热！"母亲一步跨进屋来，带进一股热烘烘的气流。她摘下系在脖子上的湿毛巾，擦了擦通红的脸。

"卖完了？"他抬了抬头问。

"卖光了。"母亲倒了碗凉白开，一饮而尽，用手抹了抹嘴："难得这样的好天气，我还要去卖一箱。中饭我带上了，家里冷饭冷菜都有，不用生火。"她抹了抹额头上刚刚渗出的汗珠，戴

上那顶褪了色的宽边草帽跨出了屋门。院子里又响起令人直起鸡皮疙瘩的摩擦声……

声音渐渐远去。突然，他从躺椅上跃起，赶到门口，冲着母亲湿衣紧贴的脊背喊："妈，回来别忘了买一个西瓜——"

原载 1990 年 7 月 5 日《致富报》

万一先生

他究竟姓甚名谁，人们已记不清了，只知道他有个有趣的、一听便很难忘却的雅号：万一先生。

万一是他的口头禅，是他极其稳重，只要稍带一点儿冒险性质便决不染指的，讲究百分之百成功率的性格的产物。有人劝他结婚，他会一本正经地教训道："娶老婆？那可是十足的冒险！万一她蛮不讲理，不通人情；万一她讲究穿戴，好吃懒做；万一她花天酒地，挥金如土……"于是，他三十有余，仍孑然一身。他有不少钱，虽不能说腰缠万贯，但十几年的积蓄，多方的苦心经营，倒也积累了一笔不小的款子。有人劝他，把钱存入银行保险。他把眼一瞪："保险？！万一银行倒闭，万一货币贬值，万一存折被偷……"

这天，放了工，他急急往回赶。天色已晚，马路上行人稀少。到了十字路口，他与一个突然从左侧冲出来的人撞了个满怀。他吓了一跳，"万一……万一……"他一边嘟囔着，一边不停作揖，"对不起，对不起！"待他细眼一瞧，不由吓得魂魄出

178

窍。只见那人一手抱着个鼓鼓囊囊的皮包，一手擎了把明晃晃的匕首，杀气满脸。他正想离开这是非之地，那人把他喝住："哥们，别忙走，兄弟请你帮个忙，后面有人在追我，待会儿你把我走的相反方向指给他们……"他回过神来，脑子飞快地转开了：万一追他的是坏人，我能不受伤害吗？万一他是坏人，公安局会找我麻烦吗？"你……你……"他结巴了。"别废话，照我话做，定当重谢！不然……"那人挥了挥闪着寒光的尖刀，转身狂奔而去。

一群人飞奔而至。"喂，看见一个拿着黑色皮包的小青年了吗？他是个盗贼，我们正在追捕他！""这个……这个……"万一他们知道我说谎，就会说我包庇坏人；我如实说，万一捉不到人，那家伙就会找我算账；万一……他来不及细想，顺手指了个相反方向。

"幸好我没照实说。"他擦擦额头上的冷汗，松了口气，脑子又继续"万一"开了：万一盗贼被抓住判刑，出狱后会不会还来找我算账；万一……

"万一"中，他回到家门口，眼前的场景令他倒吸一口冷气：大门敞开着，已脱开的铁锁无用地吊在那里。他叫声不好，冲了进去，里面一片狼藉，那只装钱的小木箱碎裂在地上。

"完了！"他两腿一软，跌坐于地……

原载 1990 年 6 月 19 日《广西农垦报》

天边飘来一块乌云

密云遮天，湖水如遭墨染。他俩划着小船歪歪斜斜地朝湖心驶去……

兴许是天气影响了游人的情绪，往日热闹的人工湖上显得有些冷清，一只只机动小艇、脚踏小舟、双桨平底小船静静地拴在岸边的一根铁桩上；湖心，三两只小船漫无目标地荡来荡去。

她弄不清是什么原因促使她上了这条船。是他洒脱、干练的外表？是他渊博、精深的学问？还是在失去丈夫和女儿后，在痛不欲生的悲哀之后那种刻骨铭心的孤独感？或者兼而有之！她觉得活着太累、太苦、太烦，脑袋里像有无数根细麻绳交织在一起，乱得发涨。她实在需要有人帮她理清那团乱麻，好让她能在生活的舞台上重新找到做人的感受。

船驶到湖心。两人把桨收到船舱里，小船乘着惯性缓缓向前滑动。

那位离了婚的市报记者似乎兴致很浓。他欣赏着湖中不多的景致，余光不断瞟向她那张依然俊美的脸庞。她却一如这阴郁的

天气，愁眉不展，眼睛定定地盯着正前方湖心凉亭，透出一股拒人千里的冷峻。

"婷，你发现没有，自然界中最美的就是湖了。"他转过脸冲她说。她也转过头，嘴角向上提了提，没言语。他重新转过身，看着湖中风景："你看这倒垂水中的杨柳，古色古香的石拱桥，直插湖心的九曲桥，清光粼粼的湖面上是低垂的云，湖中，几叶小舟自由漂游……真是大自然完美的杰作！"他舒了一口气，继续说道，"一个小小的人工湖尚有如此胜景，更别说'气蒸云梦泽，波撼岳阳城'的洞庭湖；'茫茫千顷，气象万千'的太湖；'水光潋滟晴方好，山色空蒙雨亦奇'的西子湖了。"他相信她一定受到了感染。然而他错了，她阴着脸说了一句让他大失所望的话。"我只知道，"她低声说："在这湖里，已经淹死了五个人。五条人命！"

他的脸上浮现出不易察觉的尴尬。"是的。"他嗓音低沉地说："自古道，天有不测风云，人有旦夕福祸。可这世上有许多悲剧都不是出于天意，恰恰是我们自己——一些在道德上堪称无知的人造成的。"他的语气变得激昂起来，脸上露出对那种人无比鄙夷和蔑视的神情。"你有没有看过去年我得奖的一篇报道？它是我在目睹了一件不该发生的悲剧后写成的……那次，也是在这里，一个小女孩不慎落入水中，岸上十几个大人围观，竟无一人下湖相救！小女孩就在众目睽睽之下淹死了……"

她似乎被吸引住了，两眼定定地望着他那因痛心而变得扭曲的脸。

"当时你在场?"她边问边摇了摇头。

"一直在场,从头到尾。"

"那你怎么也不下去救人呢?"

"……"

他茫然地望着眼前这位自己苦苦追求的市歌舞团的舞蹈演员。他无法回答,因为还没有人向他提出过这样的问题。

"给你看一样东西。"她斜睨了一眼不知所措的他,从上衣口袋里摸出一块折得方方正正的手帕来。她颤抖着打开手帕,里面是一张五寸黑白照片,照片上,一个胖胖的小姑娘露着两个甜甜的酒窝……

"我女儿!"她哽咽着,"你那篇得奖报道里的主角!"

……

天边飘来一块乌云,天愈发暗下来。可能要下雨了。

原载 1990 年 6 月 8 日 《郑州法制报》

那一片小竹林

好一片茂密的竹林，要是能砍下一根做钓鱼竿该有多美！可惜，住林子前面的瞎奶奶看得贼紧。唉，要是她的耳朵也聋了就好了。

"偷？不中，不中……"我否决了弟弟胖墩的主意。"再说，瞎奶奶耳朵尖着哩，她能凭脚步声的轻重不同分辨出是哪个人来，她要是报告给老师，那'贼'帽可压人哩！不中，不中！"

我想了半天，终于有了主意。

吃罢午饭，我叮嘱完全副武装的胖墩，就大摇大摆地走向瞎奶奶的小屋。离门还有八丈远，瞎奶奶的声音就从屋里迎了出来。"是山山吗？这么早就上学去呀？"我吐了吐舌头："不是上学，奶奶，今天我是来学雷锋的。"说着，我就抓起扫帚呼呼啦啦地在院子里打扫起来。"好孩子，我刚打扫过哩。挑水？上半晌你二叔早就给我挑满一缸了！你歇着吧，咱俩说说话就中。"

瞎奶奶不让干活可就糟了！我灵机一动："奶奶，我唱歌给你听吧。"还没等她答应，我就破着嗓子唱开了："学习雷锋好榜

183

样，忠于革命忠于党……"声音震得小屋顶上的灰尘直落。唱了一曲又一曲，我突然发现瞎奶奶失去光泽的眼里涌出了泪水："好山山，真是个懂事的孩子。我要跟你的老师说，山山唱学习雷锋给我听……"

我的心像被什么扎了一下，真想跟瞎奶奶坦白。就在这时，我看见胖墩远远地向我招手，只听得他大喊一声："上学了——"这是我们约定的行动成功的暗号。

"是胖墩喊你呢，"瞎奶奶拍了拍我的头，"去吧，别误了上学。"

第二天，老师真的表扬了我。

这天放学后路过竹林，瞎奶奶老远就拦住了我："山山，老师夸你没有？""我……"我真想在地上找条缝，钻进去。"做了好事，该夸！来来，到屋里来，听说你喜好钓鱼，奶奶给你砍了根竹子做钓鱼竿，送给你！"不知怎的，我竟然哇的一声大哭起来，扭头就跑。

春天没过完，瞎奶奶因病去世了。竹林一时失去了保护它的主人，但竹子一棵也没少，我和胖墩当起了那片竹林的"守护神"。

原载 1990 年 5 月 26 日《农村孩子报》

奶奶的拐杖

　　奶奶老了，明显地，满头的白发已找不出一根青丝，枯竹似的手指显得那样无力、苍老，走路一摇三晃，叫人看着担心。大家都劝她别再管我们的事了，可她还是执着地奔波着，喂猪、喂羊、烧水、收衣……

　　一天，奶奶把我叫到跟前，费力地说："小兴，奶奶腿使不上劲了，你到城里给我带支拐杖来。有了它，奶奶就不怕摔跟斗了。"

　　我一肚子不快：什么不带，偏偏要带拐杖，一个小伙子，拿着多丢人；年岁大了，待着不动就得了，用得着再去操那八辈子的闲心！心里这么想着，嘴里却一迭声答应。要不，她准跟你每天唠叨上好几遍。

　　每次下班回家，奶奶就问起拐杖的事。起先我还用各种借口支吾着，并答应明天一定办。可次数一多，我也忍不住跟她嚷："找根竹竿不也一样用，哪有那么多闲工夫？"

　　奶奶的脸立时阴了下来，默默地转过身去，颤巍巍地走了。

以后，奶奶再没提起过拐杖的事。不过，倒真的找了根竹竿，一戳一戳地照样奔波。我也再没把这事放在心上。

终于，在一个风雨交加的下午，当奶奶冒雨晃着身子去抢收晾在外面的衣服时，不慎重重地滑了一跤，那根竹竿折成两段。

奶奶从此一病不起。临终前，她把我叫到床前，声音微弱地说："等你妈妈老了，一定得给她买根结实点的拐杖，竹竿不顶用。"一句话，说得我泣不成声。

奶奶离开了我，回到了永恒的冥冥之中。在举行葬礼的那天，我在店里挑了一支最贵的拐杖，放在了奶奶身边。

原载 1990 年 2 月 15 日《辽宁老年报》

迟到的怀念

下班铃声过了好久，大楼渐渐沉寂下来。靳局长习惯性地看了眼写字台上的台历，上面写着：四月五日，星期一，清明节。

他感到鼻子阵阵发酸，浑浊的眸子蒙上了一层淡淡的水雾，一种难以抑制的冲动撞击着他的神经。这冲动被理智的闸门阻挡了两年，然而今天，他却感到了可怕的冲撞力，这是一种几经沉淀、足以摧毁一切阻碍的力量。固执筑成的防线被神奇的力量冲毁了，随之而来的是迫不及待、近乎疯狂的欲望。

他匆匆理了下摊满一桌的文件、讲稿、材料、报表……室内空荡荡的，只有统计科的陈干事在伏案写着什么。他抬腕看看表，冲对面说："小陈，今晚我有点事，你值一下班吧。"

陈干事有点不安地从椅子上立起。他个子高挑，浓眉大眼，看上去一身英气，有一种运动员的气质。他是部队来的转业干部，去年分配到局里，向以谦和、服从著称。

"对不起，局长。今天我也有点事，可不可以请别人值一下班?"他有点尴尬地对着靳局长摊了摊手。

"什么事？不能明天去办吗？"靳局长不由皱了皱眉。显然，部下反常的拒绝让他有点难以接受。

"这事非得今天办！我得替一个阵亡的战友上坟去！我对他承诺过的。"陈干事边说边收拾起桌子来。

"战友的事不有他家属吗？你留下值一下班吧。"靳局长强压不满下命令了。要是以往，他可能不会这样为难部下，但今天在冲动、不安的情绪控制下，他难以忍受部下的抗命。

"可他没有父母，孤零零的，一个人躺在公墓里……我不能违背战友的临终嘱托……"

"够了！"烦闷的心情使靳局长变得暴躁起来："战友，战友，你们这是哥们义气！战友算什么？我——"

陈干事的脸陡然涨得通红，两只有力的拳头捏得咯咯响……可他没有将它们提起，只是冷冷地斜睨了一眼同样通红着脸的靳局长，拎起那只收拾好的皮包，凛然走出了办公室。

随着重重的关门声，靳局长一下子瘫在藤椅里。没有父亲——如果说当初从部队发回的儿子小文唯一的家信里看到这行字时，有的还只是恼怒，那么现在，似乎有一根针扎在他心上。作为国家干部，他没有理由、权利拒绝为国当兵这种公民应尽的责任，但小文是他唯一的儿子，他又失去了相依为命的妻子……就为这，儿子和他闹了三年别扭；就为这，在儿子死后将近两年时间里，他没在儿子的坟头烧过一张纸，添过一块泥。

两年，漫长而又短促。这一夜，他似乎又过了两年。

一阵小雨，洗尽了小草、松柏上的尘埃，雨后的公墓更显得

空旷、幽静、肃穆。他绕过一块块刻着名字的石碑，绕过昨天留下的簇拥在石碑周围的鲜花。终于，他看见了儿子的墓碑。他惊讶，儿子的石碑前同样拥满了滴着水珠的鲜花。地上，一堆被雨水打湿的纸灰紧贴着湿润的泥土。

　　他久久肃立着，良久，弯下腰，把那束昨天就准备好的月季花献到碑前。"请接受吧!"他喃喃自语，"请接受这份迟到的怀念!"

原载 1989 年 12 月 13 日《北京法制报》

火把

　　凭着职业的敏感，他觉得有点不对劲儿。妻子倚着门，望着外面幽暗而空旷的田野，一对失神的眼珠直勾勾的，似定了格。

　　"怎么啦？"他把手轻轻地放在妻子的肩上，低声问道。

　　"今天是正月十五。"妻子喃喃自语。

　　他的确忘记了。作为公安局的副局长，良好的记忆力应该是对职业的基本要求，可这一天，他总是要人提醒。

　　去年，是儿子军军提醒了他。

　　"爸爸，今天是正月十五啦！"

　　"正月十五怎么啦？"他不解地看着焦急的儿子。

　　"哎哟，你又忘了！不是答应给我扎个火把的吗？我要跟阿明比谁的大。"

　　"看我这记性。好，好，爸爸现在就给你扎。"他找来一堆木板条，外面包上一层易燃的布条，一根细长的棍子往中间一插，用铁丝捆牢，再在上面浇一些煤油……一支简易火把便制成了。

"你知道举着火把在田野里奔跑意味什么吗？"晚上，临出门前，他这么问军军。

儿子摇摇头。

他认真地告诉儿子："在黑暗里用火把照亮田野，边跑边喊'发财，发财，大家发财'，这个祖辈传下来的习俗叫'照田财'，预示着全年平安、吉祥、丰收。"

军军似懂非懂地点点头，摇着点燃的火把，冲进了田野，边跑边用充满童趣的嗓音喊着："发财，发财，大家发财——"他笑了，妻子更是笑出了声。

那一夜的月亮真圆、真亮。

今晚没有月亮，空旷的田野像蒙了层半透明黑纱，黑幕下，影影绰绰的树木、建筑物和忙碌的人们，都透出朦朦胧胧的神秘感来。

"烧起来了，烧起来了！"邻居家的阿明喊叫着冲出家门，那一团在黑暗中格外醒目的火球，被风吹得啪啪直响……

他浑身一震，全身神经质地颤抖起来："军军！军军！"五花大绑的儿子一下子被推到了他的面前。

"爸爸救我！"儿子绝望地呼救着。

"怎么样，这就是执法如山的代价！"歹徒咬牙切齿地狞叫着。

"军军——"他喊着，不顾一切地冲了过去……可是晚了，随着一声震耳欲聋的巨响，儿子瞬间变成一团炫目的火球。

……

火球向远处飘去。蓦地，一大片火光在幽暗的田野里升起，接着，又是一片，一片……像天上泼下的一堆繁星，在地上滚动、跳跃……

"要是军军还活着，他一定也在奔跑的人群里了！他的火把一定是最大、最亮的……"妻子呜咽着。

他搂紧了妻子，眼里噙满了泪，心里默默地说："是的，军军就在这里边，那片他点燃的火把里面。"

原载 1989 年 11 月 15 日《北京法制报》

十字架

夜幕拉严了。吉利街在几盏昏黄的路灯映照下深井似的躺着，一只不知哪儿窜出来的卷毛狗，在石条铺成的窄小而空旷的街面上遛来遛去。

牛皋有一种预感，那吞噬了三条人命的凶犯必走他们守候的四号区域。老牛本名牛高，市公安局四大元老之一，因其性情豪爽乐观，又几次逢凶化吉，同伴便以《隋唐演义》里福将"牛皋"相称。然而这时他却怎么也乐不起来，脸阴得如同落霜的茄子，面对着幽暗的吉利街长吁短叹。他斜睨了一眼身边那个不时战栗的"物体"。他叫什么？哦，这记性越来越差劲了，一种英雄暮年的感觉袭上心头。不过这并不重要，反正是没用的警校毕业生。瞧他那副熊样，还吹嘘什么优等生、神枪手，戏还没开场，腿倒先软了！

"冷?"他压了压心头的火气。

"不。"那"物体"打了个冷战。

"害怕?"

"有点。"声音像是从迷雾中飘来一般。

"你把这看成是一场游戏,一场游戏而已!懂吗?没什么大不了的!"

毕业生点了点头,挺了挺腰。那魁梧的身形让自信"还可以"的老牛相形见绌。

起风了,几团废纸被吹得满街翻滚。老牛下意识地拉了拉领子,他看见,毕业生脖子上有个闪亮的东西。

"那是什么?"

"这个?"毕业生从怀里掏出一个同样闪着冷光的物体,就着昏黄的路灯,老牛看见是个系在金属链上的镀铬十字架。

"你信教?"老牛皱了皱眉。

"不,这是我母亲的遗物。我和弟弟小时候很顽皮,母亲去世前把一对十字架给了我们兄弟俩,说是能压邪。"

老牛鄙夷地冷笑一声,心想,你这玩意又不是孙悟空用金箍棒画的圈,子弹见了会拐弯?可笑!

风更紧了,刮得那盏没拧紧的路灯罩叮当作响。突然,毕业生紧张起来,低低地叫道:"有脚步声!他来了!"

果然,伴着呼呼的风声,一阵轻微、一高一低、一般人往往会忽略的脚步声从幽暗的远处传来。须臾,一个高大的身影进入他们的视野。

"罪犯谢龙,二十一岁,身高一米八〇左右,左脚有点瘸,习惯左手握枪。没错,就是他!"老牛低声背了背已烂熟于心的罪犯特征描述,打开了手枪保险,插入衣袋。他伸手扯了扯毕业生，没扯着，转身一看，见毕业生背着街面，抽筋似的蹲在那里。"你就给我在这里蹲着，没你我照样行！不过回去非得把你的警徽扯下来不可！"老牛愤怒地骂着，撇下毕业生，蹿到离街面较近的一根水泥柱的阴影里。

罪犯越来越近，像猫一样，轻巧地从水泥柱边蹿过去。老牛猛然从旁跃出，迅捷地扭住罪犯的左手，用肩一顶对方的胳肢窝，像摔麻袋一样，把对方放倒在地……

可是事情的发展没有像老牛所想的那般顺利，罪犯的身体刚一着地，就乘势回敬了老牛一脚。这一脚又准又重，老牛猝不及防，一下子跌倒在石条上，刚想翻身起来，一支阴森森的枪口直指他的脑门。

"住手！谢龙！"宁静的吉利街蓦然响起毕业生平静的声音。罪犯却像是身边响了个炸雷，怔了一下。几乎在同时，只听两声枪响，罪犯连哼都没哼一声，便仰面倒了下去……

老牛从地上爬起，看了看身边躺着的罪犯：子弹精准地击中了他的太阳穴；罪犯胸前，一枚镀铬十字架在昏黄的路灯下闪着寒光。

原载1989年8月2日《北京法制报》

琴琴面食店

　　它并不显眼，可怜巴巴地挤在两家商店的夹缝里，那块无论如何也算不上美观的广告牌，像个不经世面的孩子躲在树荫里偷偷地望着川流的人群。它十分简陋，可以说有点寒碜，仅可容纳两张圆桌的厅堂显得过于窄小。看得出，墙上刚刷过一层奶白色的油漆，上面挂着营业执照和在这间屋里称得上豪华的牌匾。它的厨房间更小，幸亏主人是位瘦弱的姑娘，若换个肥胖的，准得卡在里面动弹不得。

　　它实在太小了，却又不失清静、淡雅。它离我们工厂不远，店面上端端正正写着：琴琴面食店。

　　那天我误了工厂食堂的晚饭时间，就信步来到店前。里面有两个生意人模样的中年人在吃着馄饨。她从里面迎了出来："上夜班呀。"我四下瞧瞧，没其他人，冲着我哩！我"嗯"了一声进了屋，坐到另一张圆桌上。"来点什么？"她问。可能我的样子有点古怪，她抿嘴笑了笑，露出两个深深的酒窝，相貌平平的脸上顿添了几分妩媚。"要点什么？"见我不吱声，她又问了声。我回过神来："来碗面条吧，鲜辣粉不要太多了，我吃不惯。""好的，你稍等。"她回到灶前，熟练地添水、抓面……

"慢着！"我突然站起身来，冲她急喊。她停住了忙碌的手，疑惑地看着我。"对不起，我朋友让我带个急信给厂里的同事，我忘说了。等会儿再来吃，行吗？""没关系的，等会儿再来吃好了。"她拍了拍沾着干面粉的手，又抿嘴笑了笑。

一到厂里便由不得我了。那位同事听说我还没吃，非拉我一块用饭不可。我急忙解释："实在不行，跟面店里说好了的，要去吃的！""你这人真是，什么都顶真，你不去，人家就不打烊了？！来吧，嫌我没菜怎的？！"盛情难却，我只有坐下了。

吃完饭，天黑了下来，可上床还早，我便走出厂门到街上闲逛。"今天失信了。"我心想，"那姑娘准骂我呢。听口气好像熟悉我似的，我虽常路过那里，可从没跟她说过话啊……"胡思乱想着，不觉又来到店前。我朝里一望，双脚便似粘了强力胶动弹不得：早该打烊的面食店里仍然亮着灯，里面没有客人，只有那姑娘托着下巴坐在凳子上。我顿觉脑袋一阵嗡嗡响，身不由己地往店里走去。

"呀！终于来了。知道你会来的。"她站起身来，惊喜地说，"上夜班不吃晚饭可不行。面条刚打出来，有点凉了。"

我愣愣地站着。我想我的脸色一定尴尬极了。她见我站着不动，怔了怔："吃过了？""哦，没，没有。"我忙不迭地说，"正饿着呢，端上来吧！"她放心地一笑，端上面条，又递过一双筷子。我装出真饿了的样子，重重地搅起一筷，刚送到嘴边，一阵辣味直冲喉咙。我下意识地捂住嘴。

"该死!"她低低地叫了声,"忘了你的吩咐了!"

"不,我已经喜欢它了。"我抢着说。

原载 1989 年 6 月 20 日《华东信息报》

取经

  H 乡位于县城的西北角，地处偏僻，工农业产值均为全县下游，然而在公路交通安全上始终保持全省领先地位。贯南穿北的省级公路是该乡的交通要道，邻近几个乡的公路路段事故发生率不断上升，唯独 H 乡管辖的路段风调雨顺，连轻微的碰碰磕磕也十分鲜见。为弄清个究竟，我和县广播站的宋编辑骑着自行车风尘仆仆赶往 H 乡取经，以便把他们的经验在全县介绍推广。

  出了县城，我便加快了车速。到底是省级公路，路面宽敞平坦，两旁绿树成荫，骑车在上面舒适、轻快。一个小时不到，在 H 乡前面的 W、S 两个乡已甩到了身后。就在我们到达 H 乡地界时，道路却陡然险恶起来，路边两排绿树不见了，取而代之的是两长溜乱石堆，硬生生把公路挤窄了三分之一；路面上，坑坑洼洼，高低不平，柏油下的石子纷纷冲破薄薄的覆盖，冒出尖尖的角来，还有不少路边石堆上的石块不知何故被移到了路中央。幸亏我的骑车技术还算过硬，避石绕坑，轻挪腾跃，才避免了人仰马翻。坐惯了办公室的宋编辑哪有这等功夫，早已头顶冒汗，脚

底发软，翻身落"马"了。再看其他行路人，无不手握车把，以步当车。来往的汽车更是笛声不断，车速慢如乌龟爬。恰在这时，有两辆汽车交会，狭窄的路面把我挤向边上的石堆，车轮子在小石子上一滑，自行车猛然向左倾斜过去。我赶紧伸腿支住车子。汽车擦身而过……

"见鬼了！"我不由得火冒三丈，"这便是给他们带来荣誉的安全公路?！"

宋编辑快步赶上："行了，别逞能了！喂，我们是不是走错了地方？这该死的路！"

我也糊涂了，呆呆地立在那里，望着像蜗牛一样爬行的人和车，一脸惑色。

突然，宋编辑的一声尖叫把我吓了一跳。

"怎么啦?"我忙问。

宋编辑一边转过身去，一边冲我说："往回走吧！"

"真错了?"

"错不了。"

"那经验?"

"经验? 经验还少吗！"宋编辑指了指前面，"你瞧这车、这人、这路……唉，聪明人怎么变糊涂了，愈是险恶的地方，愈是安全的地方！"

"绝了！"我失声叫道，掉转了车头。

原载 1989 年 5 月 25 日《中国交通安全报》

孩子问题

屋内出现了暂时的平静，那是"大战"后短暂的安宁，宁静的表象里孕育着更大的风暴。

他盘腿坐在床沿上，左手五根手指深深地插进几天没洗没理过的蓬乱的头发里，熏得发黄的右指尖上，夹着根冒烟的"大前门"。她似乎有点不安，不停地变换着坐姿。他们中间隔了一张方桌，桌上坐着他们争执的焦点——刚满十岁的儿子松松。懂事的松松被这种紧张的气氛吓着了，呆呆然坐在桌上一动不动，唯有一双惊恐的大眼睛不停地左右扫动着。

"你什么都可以拿走，孩子得留下!"终于，他打破了这死一般的沉寂。

"我什么都可以不要，孩子非要不可!"她毫不相让。

"孩子是我们家族的根，祖上的独苗，唯一的香火!他肯定要留在这里!"他激动地抽出右手，做了个下劈的动作。

她也不由得提高了嗓门："绝对不成!孩子是我生的，我身上掉的肉，你无权夺走他!"

又是一阵难熬的沉寂。可怜的松松仿佛一下子成熟了许多，哀伤地低着头。

"那么这样，除了你应得的之外，我再补给你一千元。"他又找了个突破口。

"不！"回答异常干脆。

"两千元。"

"不！我只要松松！"

"你——"

他猛地蹿下床，拳头捏得"咯咯"直响，两眼射出火一般灼人的光。她毫无惧色地迎着他的目光……四目相对，大有一触即发之势。

"爸爸——"

微弱的声音传入他的耳膜。他吃惊地抬起头，面对着的是儿子木然的脸。

"你要我吗？爸爸。"

"爸爸当然要你。"他困惑地望着松松。

松松转过身，又直直地盯着母亲。

"妈妈，你要不要我？"

"妈妈离不开你，松松。"泪水在她的眼眶里打转。

松松从桌上慢慢地爬到地上，缓缓地走到放餐具的水泥台边，抽出一把锃亮的不锈钢菜刀。

"我要爸爸！也要妈妈！你们把我切成两半，让我都跟着你们吧！"松松说完爬上桌子，把菜刀放在一侧，轻轻地躺下，两

颗大而晶莹的泪珠从渐渐合上的眼缝里溢出，顺着红润的脸颊，无声地滑落到光滑的桌面上。

时间顿时凝固了。两人望着松松雕塑般的身姿，又一次陷入了难熬的沉寂。

原载 1989 年 3 月 7 日《江西法制报》

神童

"芳芳！神啦！"

丈夫兴奋地擂着卫生间的门，喊叫着。

妻子不知发生了什么事，慌忙穿衣穿裤，不满地嚷道："发啥子神经？中状元了？又喊又敲的，人家还没洗完呢。"

"唉，我这块出窑的砖能有什么出息！是童童，我们的童童！"

门打开了。他一步跨进去，拖着还没穿好衣服、莫明其妙的妻子急急来到堂屋。他往饭桌上一指："你瞧这儿——"

"什么呀？"妻子揉了揉眼睛。桌上什么也没有，不满三岁的儿子童童歪着脑袋睡在桌边的椅子上。

他快步来到桌前，推了推酣睡的儿子："醒醒，童童。醒来呀！怎么一转眼就睡着啦？快起来，给妈妈瞧瞧，我们的童童成神童啦！"

童童睁开惺忪的睡眼，茫然地望着神采飞扬的爸爸和一脸困惑的妈妈。

"童童，牌呢？哦，在这儿。"他利索地从抽屉里取出一副花花绿绿的狭长的纸牌，拿出一张递到童童面前，说："好好认认，它们念什么？别慌，慢慢认。"

儿子看了看纸牌，咿咿呀呀地说道："八——万。"

"好，绝了！再来一张，看这张，它念什么？"

"红——花。"

"太好了，一点儿没错，再认认，嗒——"

"六——贯。"

"完全正确，真了不起，简直是奇迹！"他激动得手舞足蹈，嗓音微微发颤，"看见了吗，我们的儿子成神童了！这么复杂的点子，没有数字标明，全凭这不同的花式图案，就能毫不费力地认出来。要知道，他还不会数数呢！真是奇迹！喂，我说芳芳，今后不要再说赌徒的父亲教不出聪明儿子了吧！"

妻子愣愣地立着，半张着嘴……

原载 1989 年 3 月 1 日《河北法制报》

教授的发明

　　教授心满意足地，甚至有些贪婪地看着眼前这瓶半透明的液体，长长地舒了一口气。

　　瓶子里装的是他研究了二十多年终于成功的发明，确切地说，是一种超强驱蚊剂。根据权威实验室验证，它的驱蚊效果是当下市场同类产品的八至十倍。这么说吧，有一个六十平方米的房间，四周长满树木草丛，盛夏，把门窗全部打开，只需滴上两滴，绝不会有一只蚊子敢闯入。更神奇的是，这种让蚊子闻风丧胆的神剂，对人畜不仅没有任何危害，还有空气清新剂般提神醒脑的作用。他相信，这项成果是驱蚊事业的终极革命，困扰人类几千年的蚊虫叮咬难题可望一劳永逸解决。

　　教授决定将这项成果公之于世，造福人类。两天前，他已通过媒体表示，不会申请专利，将公开相关数据和配方，捐出所有研究资料以及第一个驱蚊终极产品的实样——那瓶半透明液体。

　　此时已是那激动人心一刻的前夜，明天，他将当着数十家媒体的面，举行捐赠仪式。他无心睡眠，披衣来到屋外小花园。外面夜空深邃，皎洁的月亮又大又亮，照得小花园如同白昼。恍惚间，他似乎看到一群人举着双手欢呼着朝他奔来……

朝他奔来的不是一群人，而是一个从花园的树荫里突然闪出的壮汉。没等教授回过神来，已迎面挨了重重一拳，他"啊"的一声仰面躺倒在花园的草坪上。

不知过了多久，教授苏醒过来。他摸摸脑袋，完好无损，身上也未发现其他损伤。惊魂未定的他回到屋里，只见所有橱柜的门都敞开着，抽屉被拉开，与发明有关的资料、物品均不翼而飞，包括那瓶半透明的液体。

他看到办公桌上多了只黑色密码箱，打开，满满的钱。箱边附信笺一张，上面写着：教授阁下，您的发明专利我们买了，为了您及家人的安全，以及彼此的利益，敬请到此为止。落款：某蚊帐公司。

（此文于 1988 年 10 月获《中国经营报》和首都青年编辑记者协会联合举办的"宇飞杯"中国百字文学大赛优秀奖）

残疾人

节日前的汽车站总是那么挤，那一溜令人望而生畏的长蛇阵从售票室门口向左拐弯，一直延伸到隔壁新华书店的门口。一个戴墨镜的青年，在年纪稍大、留着一撮小胡子的同伴的搀扶下来到售票窗口。"小胡子"让"墨镜"扶住铁栏杆，边掏钱边向排在前面的几人打招呼。

"师傅，帮个忙！我这位瞎兄弟回乡下过节，太晚了不方便，麻烦你们让个先。"

看着"墨镜"呆呆然的样子，人们顿生怜悯之心，排在最前面的知识分子模样的中年人爽快地让出了位置，连声说："应该的，应该的！残疾人嘛……"

"小胡子"买完票，拉着"墨镜"往外走去……突然，队伍中有人惊叫："假的！"众人蓦然回首，只见那"盲"青年摆脱了"小胡子"的搀扶，正扬扬得意地数着一沓纸币。被愚弄了的人们惊呆了，个个射出愤怒、厌恶的目光，其中一位身材高大的年轻人挺身从队伍中走出来，拦住了两人的去路："好小子，装

残疾作弄人！想溜?!"

"墨镜"猛一甩被抓住的衣袖，摆出一副打架的姿势，吼道："怎么，想打架!"年轻人毫不退缩，挽起袖子……正对峙着，刚才让位的中年知识分子过来拉住了年轻人，"别冤枉了他们，"他转过身，冷冷地斜视了一眼这对作恶者，"他们确确实实是对'残疾人'呀!"

"残疾人?""墨镜"困惑地嘀咕了声，一不留神，撞在门边的水泥柱上。

原载 1988 年 5 月 20 日 《霞浦报》

母女俩

　　是的，笑对于她已是很遥远的事了。父母病故，幼子夭折，丈夫猝亡，一连串的打击彻底击断了那根多情的神经。她不会笑了，甚至厌恶笑。那次女儿忍不住被电视里的滑稽表演逗乐时，她竟然盛怒地掴了女儿两个耳光，怒斥道："有什么可开心的!"在她扭曲了的变态心理里，笑成了大逆不道，便是无聊，便是可恶。她清楚地记得，就从那次以后，女儿也养成了这种变态心理，话少了，脸阴了，成天呆呆然的，眉间结着锁。

　　那种莫名的追悔心理也许就在那时埋下了种子。每每看到别的同龄女孩天真、活泼的模样，她心头总要闪过一丝怅然若失的感觉。但那是模糊的，一闪即逝的，直到刚刚，在学校家长会上，在听了班主任对女儿的评语后，这种感觉才渐渐清晰起来。

　　哦，不行，这样不行! 我得重新学会笑。

　　从学校回家的路上，她这么急切地、暗暗地、狠狠地想着。

　　远远地，她看见女儿伏在饭桌上做作业。她突然害怕起来：僵硬的肌肉还能胜任笑的重任吗? 她仿佛看见女儿在一副做作的

"笑脸"面前，茫然不知所措的样子。

脚步声惊动了女儿。她停住笔，抬起头——那是怎样的一张脸啊！毫无表情，似挂着面具，缺少光泽的眸子露出淡淡的忧郁……

望着这张与年龄极不相符、过于成熟的脸，她鼻子一酸，差点掉下泪来。几乎失去的信心又陡然恢复了。

"真棒，丽丽，"她扬了扬手，语气轻松地冲着女儿说："作文比赛，你是第二名。妈妈今天烧几个好菜，为你庆贺庆贺!"

女儿惊讶地望着她，似望着陌生人。

"认不得了，死丫头。行了，作业留晚上做，现在帮妈妈烧火去。"

"嗯!"女儿抿嘴点了点头。

事情就这样开了个头。尽管的确有些做作，但毕竟开了头。接着，她带女儿去看电影，去逛公园，去爬山……她把女儿的单人床拆了，和自己同睡一床……渐渐地，女儿的冰脸融化了，步子快了，笑声多了，那天还破天荒地哼上了一两句歌词，动听出色的音质惊得她嘴张了半天。

她惊异地发现，自己也在潜移默化地变……

微笑已不再做作。

就在这时，发生了一段小小的插曲。

那天晚上，熟睡中的她被一阵冰凉激醒，睁眼一看，睡在身边的女儿在嘤嘤地哭。她吃了一惊，忙问："怎么啦，丽丽，谁欺侮你啦?"

女儿一下子搂住她的脖子，喃喃地问："妈妈，你要嫁人啦?"她愣住了，继而大笑起来，笑得舒坦，笑得自然，笑得泪水顺着脸蛋往下淌。

"给丽丽说着了，"她点了点女儿鼻子，"嫁给你，我的小宝贝!"

原载1988年4月21日《内蒙古大兴安岭日报》

失职

　　贾厂长一走进会议室，大家立刻感到了问题的严重性。那头保养得极佳、倒伏于脑门的油发中央，赫然贴着一块不大不小，白中隐红的纱布。

　　"不像话！太不像话！"贾厂长连拍了几下桌子，目光在人群里搜索着，"基建科来了没有？"

　　"到了。"体态有些发胖的基建科牛科长惶惑地站了起来。

　　"坐下。"

　　贾厂长有点费劲地摆了下手："我们有些同志，讲起来比谁都动听，什么关心爱护群众啦，什么替工人办实事啦，可真要他体现出来的时候，却又无动于衷了！请同志们不妨参观一下我们厂的厕所，看看是怎样的一个环境！四九天进去坐一会儿，保准你会出一身汗。哪来的？吓出来的！我这里有几个数据，给大家公布一下。"他从裤兜里掏出个小本子，念道，"墙洞八个，男女厕所各四个，直径均大于二十厘米；东墙面向外倾斜十五度，西墙面向里倾斜十七度；屋面'天窗'六处，摇摇欲坠的望砖有五块……"他合上了小本本，嗓音因激动显得有些颤抖，"就这么一个时刻都可能发生事故，又必不可少的生活设施，硬是谁也没有发现它的危险。请问，你们基建科的同志都干什么去了?! 把工人的性命当儿戏，你们对得起群众对你们的信任吗?!"

开会的人们齐刷刷地把目光投向了这位"把工人性命当儿戏"的科长。牛科长不自然地欠了欠身子，两眼定定地望着厂长。

"当然，"贾厂长稳定了一下情绪，"不是说昨晚的那块砖砸破了我这当厂长的头，我今天才发这么大的火。如果我们对此保持沉默，如果我们对这种现象姑息迁就，就会有第二个、第三个人的头被砸破。如果砸出了人命，如果屋塌下来，伤了人，那我们如何向工人交代，还谈得上什么关心爱护! 我的同志哟，不要忘记我们也都是从一线工人过来的!"贾厂长的眼睛里闪出一片晶亮的光。

他清了清嗓子，掏出一张纸来："鉴于基建科的失职表现，厂部决定做如下处理：一、责令基建科在一周内完成对厕所的全面整修；二、扣发基建科所有同志的本月奖金；三……"

"奶奶的!"牛科长狠狠地骂了声，掏出那张会前刚写完的第三份《关于申请经费整修工厂厕所的报告》，撕个粉碎。

原载 1988 年 2 月 11 日《贵阳晚报》

钱

晦气！板凳还没坐热，三张挺括的"大团结"① 已下了"水"。他摸摸衣袋旮旯里仅存的几只叮当作响的硬币，又恼又急。事到如今，只有背水一战了！他尴尬地从凳上站起，对几位吞云吐雾的赌友说声："你们等等！"拔脚往家里跑去。

推开门，他直奔靠墙的那张旧式梳妆台，那里存放着准备买猪饲料的四十元钱。他拉开抽屉，顿时傻了眼——里面空空如也。钱呢？拉开所有的抽屉，依然不见那四十元钱的踪影。

"你找什么？爸爸。"

儿子容容从门槛上跨了进来。不知在哪儿玩了，满脸黑乎乎的，只剩下两只忽闪忽闪的大眼睛，瞪着局促不安的他。

"容容，你知道这抽屉里的钱谁拿了？"他问。

"要钱干吗？"容容用疑惑的目光盯着他。

准是她教的！他狠狠地想。连儿子也是这种审讯人的口气。

---

①大团结：人们对 1965 年版十元纸币的别称。因正面为各族人民走出人民大会堂的图案，故称之为"大团结"。

可眼前他顾不得发火了。

"哦，哦，对门李大爷突然犯病，要借点钱去看病……"他感到一阵心虚，对儿子说谎，毕竟不是件光彩的事。

看着他焦急的样子，儿子也急了。"钱给妈妈拿去了，说是买东西。不过……你跟我来。"

他怀着一线希望，跟着儿子来到一只大木箱前。儿子吃力地搬开压在上面的玩具，拿出一只精巧漆黑的小木箱。他像发现了新大陆，两眼射出贪婪的光。容容拉开上面的抽板，往桌上一扣，"乒乒乓乓"一阵响，一堆乱糟糟的纸币、硬币出现在他面前。

"这是我攒着准备买小人书的，爸爸急用，先拿去给李大爷治病吧！"

他突然一阵眩晕，热血上涌，两脚似粘了糨糊，动弹不得。

他第一次认识了自己。

原载 1986 年 12 月 11 日《中国法制报》

饭桌上

饭桌上，三人呈三角形围坐着。妈妈把甜甜喜欢吃的菜一个劲地住她碗里送。甜甜没有像平时那样埋头啃那座隆起的"小山"，而是转过头，看着坐在一旁的奶奶。

"奶奶，你也吃呀！"

奶奶浑身一震，像是被什么打了一下。

"奶奶不吃，甜甜吃！"妈妈说。

"不——奶奶一定要吃！"甜甜执拗地夹起一块排骨，朝奶奶的碗里送去……

"甜甜，别缠着奶奶！"妈妈厉声喝道。

甜甜倔强地扭过脸，对妈妈嚷道："我要奶奶吃嘛。"

"奶奶不能吃，她牙齿不好，咬不动。"

"那就吃鱼块！"

"鱼块有刺。"

"那就吃炒蛋！"

"蛋有腥味。"

甜甜懊丧地放下排骨，满脸疑惑地看着奶奶布满皱纹的脸。

"奶奶，你怎么什么都不能吃呀？"

"老了呗！"奶奶哑着嗓子说。忽然，奶奶低下头，手捂住了眼睛。

原载 1986 年 9 月 11 日《中国法制报》

父与子

他沮丧地坐在桌旁，黯然神伤地望了望那瓶露了底的二锅头，缓缓伸出右手，端起那只带花纹的瓷杯呷了一口。

门口闪出一个小小的人儿，屋内昏黄的灯光映着那瘦弱的身影。他浑身颤抖了一下，猪肝色的脸一阵痉挛，混浊的双眼重又露出灼人的凶光。

"哪里去了？"语音平稳得让人不安。

"……"

"哪里去了？！"音量一下子提高了八度。

"妈妈那里……"

"住嘴！不许你叫她妈妈！你妈妈死了，没有了！懂吗？跟你说了多少次，不要去！不要去！你这逆子就是不听。说，干什么去了？"

"……"儿子怯怯地立着，惊恐的脸上夹杂着倔强。

"下次还去不去？"

"……"

"聋啦！"他几乎是吼了起来。

回应他的依然是沉默。

"你——"

他狂怒地端起酒杯——酒杯空了。他怔了一下，继而发疯似的把它举过头顶……

"你到底开不开口？"

儿子镇静地立着，刚才的恐惧一扫而光，毫无表情的脸，纹丝不动的身躯，好像虔诚的信徒等待着真主的发落。

他的身体一抖，手在空中画出一道弧线。酒杯飞脱出手，擦过儿子的耳根，撞在后面的墙上……酒杯碎了，残瓷飞溅。猛地，儿子的头颤动了一下……

时间停止了，空气凝固了，他似神话中那位懂兽语的猎人，刹那间变成了石头……一条红色的蚯蚓在儿子的脸上滑动……蓦地，他触电似的跳了起来。

"我这是怎么啦？"他痛苦地呢喃着，紧搂着儿子受伤的头："爸爸对不起你！可你也要体谅体谅爸爸。你妈妈抛弃了我们，残酷无情地抛弃了我们！我们要争口气呀！你只要以后不去找她，爸爸什么都依你，你要什么，爸爸给你买什么。说吧，你要什么？爸爸什么都舍得给你买，只要你别再去见那个女人！"

儿子泪眼盈盈地望着父亲，吐出低弱的声音："我，我要妈妈！"

原载 1986 年 3 月 25 日《中国法制报》

入选 1988 年《法制微型小说选》

祭

夜深人静，万籁俱寂，残缺的月亮似一块小孩啃剩的圆饼，只剩下尖尖的两只角。

在宅沟南角那块杂草丛生的空地上，隐隐约约围了一堆人，他们在静静地、有条不紊地忙碌着，偶尔发出一些轻微的脚步声和纸张抖动时的哗哗声。不一会儿，这块小小的空地上奇迹般地立起一间用彩纸、布条、芦苇秆建成的平房。华丽的外表，逼真的造型，精巧的布局，一切都显得完美无缺。地上还堆了许多东西，椅子、桌子、凳子、台钟、收音机、手表，还有成套成套的衣服……当然，所有这些也都是彩纸、布条、芦苇秆造就的实物缩小的模型。

离人堆不远处，一老一小在静静地观望着这一切。老妇坐在一张三条腿的小凳上，右手握着九节竹竿制成的拐杖，木然的脸上，悲哀从那密而深的纹路里溢出。小男孩就地蹲着，瞪着一双茫然的大眼……

"奶奶，妈妈他们在干吗？"

小男孩尖尖的童声打破了死一般的寂静。

老妇坐着没动，也没回应，像一个虔诚的信徒。

"这些东西哪来的？"

老妇终于听见了，她转过头，看看孙子认真的脸，低声说道："出钱请人做的。"

"给谁的？"

老妇的脸上刹那间浮现出不可名状的痛楚，声音发颤："给你父亲。"

"给爸爸的？！"小男孩诧异地抬起了头："爸爸不是死了吗？他又不是小孩！"

老妇凄凉地笑了笑："傻孩子，这可不是玩具，把它们烧掉，你父亲能收到真的。"

"收到真的？！"小男孩更惊讶了。

"咔嚓——"谁点着了打火机，跳动的火焰触到彩纸，黑暗中很快腾起一片红光。

小男孩若有所思地望着渐渐燃起的火焰，似突然想起了什么，掏出袋里那只刚买不久的布娃娃，冲了过去……

太突然了，老妇还没完全反应过来，小男孩已冲到了火堆边。

"你干什么？回去！"母亲厉声喝道，一把抓住小孩的肩头。然而晚了，只见小男孩小手一扬，布娃娃早已脱手而出，飞进了火堆。

母亲惊呆了！老妇惊呆了！众人惊呆了！又都在瞬间明白了过来。母亲紧搂着儿子，泪珠串串而下……

原载 1986 年 3 月《前线文艺》

雪地里，那堆黄澄澄的玉米粒

雪停了。天依旧灰茫茫的，偶尔有几朵雪花在空中飞舞盘旋，皑皑白雪遮盖了大自然裸露的脊背……

这是一所有些破旧的四合院，空旷的院中央，一个虎头虎脑的小男孩蹲在雪地里，两手托着下巴，水灵灵的大眼疑惑地望着身边的老妇将手指深深插进雪里，熟练地扒出一块空地，把竹筐往里一按，再用筷子将竹筐支起……

"冷吗？奶奶。"小男孩嘴里喷着热气问。

"奶奶手皮厚，不冷。"

"奶奶，这是干啥？"

"替冬冬捉麻雀呗！奶奶像你这么大的时候，鸟可多啦，有黄鹂、白头翁，还有燕子。现在——唉，现在……"

布置完毕，老妇从衣兜里掏出一把玉米粒扔在空地上，然后捏住系着筷子的细麻绳的另一头，缓缓地回到了门口。

"奶奶，这是干啥？"

"跟你说了，捉麻雀。嘘——别出声！"

院子里，几只麻雀落在筐边。然而，它们没有发现筐下的玉米籽，转了几圈，悠然飞走了。

奶奶叹了口气，松开了捏出汗的绳头。

"奶奶，麻雀进去了呢?"

"进去了呀，就拉这绳子。"

"绳子拉了呢?"

"绳子一拉，筐就倒了，麻雀来不及飞，就——"

声音戛然而止，因为有三只麻雀正排成一列，大摇大摆地走向它们的"牢笼"。

"奶奶!"小男孩低低地叫了声，扯了扯奶奶的衣角。奶奶却出奇冷静，她在等待最佳时机。

不知是觉察到了里面的阴谋，还是感受到了来自不远处的危险，麻雀停住了，继而开始往外撤……

"活见鬼!"奶奶骂了声，扔下了绳头。

"奶奶，它们干吗要到里面去?"

"傻孩子，里面有吃的呗!"

"它们干吗不去别的地方找吃的?"

"雪把土地盖住了，它们找不到吃的。"

"麻雀不吃东西会饿死吗?"

"当然会咯，就跟冬冬不吃饭会……"奶奶猛地打住，真是昏了头了!

小男孩的脸瞬时通红，恰似熟透了的柿子。

"怎么啦? 冬冬! 快看，又来了五只，这一次决不让你们再

跑掉了!"奶奶慢慢提起了绳头……

"不!奶奶——不要拉了!"小男孩突然大喊起来,喊声惊飞了正埋头填肚子的麻雀。

"冬冬!到底怎么啦?"奶奶吃惊地望着孙子执拗的脸。

"我不要麻雀了!"

天放晴了,太阳从云层里露出脸来。院子里静静的,筐子和绳子早已不知去向,唯有那堆黄澄澄的玉米粒还留在那里……

原载 1986 年第一期《三月》